Vivre ensemble

DU MÊME AUTEUR

ROMANS

Les vies denses, *Ramsay, 2001*
Une femme normale, *Ramsay, 2002*
Le sourire de l'ange, *Ramsay, 2004*
Le film de Jacky Cukier, *A. Carrière, 2006*
La mort d'un pote, *Éd. du Panama, 2006*
Chouquette, *Actes Sud, 2010*
Les collectionneurs, *Éd. du Moteur, 2010*
Deux étrangers, *Actes Sud, 2013*
Un homme dangereux, *Stock, 2015*

JEUNESSE

Un jour qui n'existe pas, *Actes Sud jeunesse, 2010*
Un petit garçon tout lisse, *Actes Sud jeunesse, 2011*
Je vous sauverai tous, *Hachette romans, 2016*

ESSAI

24 jours. La vérité sur la mort d'Ilan Halimi, avec Ruth Halimi, *Seuil, 2009*

Émilie Frèche

Vivre ensemble

roman

Stock

Illustration de bande :
© *Old Truman Brewery / Claudia 2011* by Darren Hall

ISBN 978-2-234-08173-4

Qu'as-tu fait de ton frère ?

Genèse, 4:10

C'était l'animal que j'avais maintenant sous les yeux, et, alors que nous murmurions quelques mots peu compréhensibles sur l'attentat et sur les morts, il m'a regardé fixement et il a dit cette parole de Matthieu : « Et ce sont les violents qui l'emportent. »

Philippe Lançon, *Le lambeau*

La première fois qu'ils se sont vus tous les quatre, le fils de Pierre n'a pas supporté un mot du fils de Déborah, ou peut-être était-ce juste un rire, une mimique et pris d'une rage folle, il s'est mis à hurler qu'il les détestait, que de toute façon elle ne serait jamais à son goût et Léo non plus, qu'elle ne serait jamais sa mère et Léo jamais son frère, puis il a attrapé le couteau de boucher aimanté à la crédence derrière lui et, le brandissant à leur visage, il a menacé de les tuer – cela faisait une heure à peine qu'il les connaissait.

Rien, dans les secondes qui précédaient, n'aurait pourtant pu annoncer une telle violence. Déborah se souvient même qu'une minute plus tôt Salomon riait à gorge déployée, et cette fureur soudaine lui avait paru si improbable chez un enfant de dix ans qu'elle et Léo en étaient restés paralysés. Ils n'avaient pas dit un mot, pas fait un geste. En réalité, l'effort que cette scène leur réclamait pour y croire était abyssal, et ils s'étaient consacrés entièrement à cela, à croire et craindre cette lame luisante qu'ils avaient sous le nez car elle aurait pu à tout instant leur perforer l'estomac, tels étaient les faits, il n'en existait pas d'autres, seulement, dans un monde normal, personne n'est préparé à mourir dans sa cuisine poignardé par l'enfant de son compagnon, si bien que ce jour-là Déborah n'a pas pris la mesure du cauchemar auquel elle et son fils ont échappé. Pierre ne lui en a peut-être pas laissé le temps non plus. Immédiatement, il a saisi le poignet de son fils pour le neutraliser, et l'enfant a lâché prise. On aurait dit que c'était un geste qu'il avait l'habitude de faire, un acte routinier, et Déborah a pensé qu'il fallait cette dextérité-là pour tuer une guêpe avant qu'elle ne vous pique, sa peau contre la vôtre. Oui, une guêpe, un vulgaire petit insecte quasi inoffensif, voilà à quoi elle a comparé Salomon alors qu'il aurait pu mettre fin à leurs jours. Par la suite, elle s'est souvent demandé à quel moment elle avait pris conscience de cette réalité. Était-ce quelques mois plus tard, en vacances chez ses parents, lorsque l'enfant a eu un nouvel excès de colère au bord de la piscine et que, de toutes ses forces, il leur a balancé un vieux club de golf à la figure, manquant tous les éborgner ? Ou alors chez ce psy que Léo lui avait demandé d'aller voir, peu après sa rencontre avec Pierre, et qui lui avait dit, à la fin d'une séance : « Votre fils vous demande de le protéger » ? (Elle n'avait pas aimé ce mot. Elle ne l'avait pas compris.) À moins que ce fût, au contraire, durant cette période curieuse d'accalmie où, pour faire plaisir à son père, Salomon répétait, chaque fois qu'il la croisait dans l'appartement, de cette petite voix monocorde et très agaçante : « Bonjour-Déborah-comment-ça-va-aujourd'hui-tu-vas-bien ? » Elle ne sait plus... Tout se mélange dans sa tête, faute à l'angoisse, mais ce dont elle reste absolument certaine, c'est que la peur de ce que cet enfant était capable de faire ne lui est venue qu'après qu'ils eurent emménagé tous ensemble, Léo, Pierre, Salomon et elle.

Ils ont emménagé quelques semaines après les attentats du 13 novembre et ce ne fut pas une coïncidence, encore moins l'aboutissement d'une décision mûrie qu'ils auraient prise en pesant bien, longtemps en amont, le pour et le contre, mais la conséquence immédiate de ce que ce carnage avait produit sur eux, la conscience aiguë de leur précarité, de leur vie comme un sursis et le besoin corollaire, viscéral, d'être désormais dans l'urgence. La mort était passée trop près d'eux cette nuit-là pour qu'il en soit autrement. Quand elle avait frappé, Pierre et Déborah se tenaient à une vingtaine de mètres à peine, dans la rue de la Fontaine-au-Roi où ils s'étaient assis en terrasse pour boire un verre. L'endroit s'appelait L'Amarré. Ils ne le connaissaient pas. Ils l'avaient choisi par hasard parce qu'il se trouvait sur le chemin de leur balade, mais ils auraient pu tout aussi bien s'attabler un peu plus bas à La Bonne Bière et ne plus être là. Oui, *ils auraient pu*, c'est une donnée avec laquelle il leur faut vivre désormais. Aux alentours de 21 h 30, alors qu'ils terminaient leur verre, Déborah a proposé à Pierre de quitter les lieux. La température était très douce pour la saison, le week-end venait de commencer, ils n'avaient pas leurs fils et rien ne les attendait le lendemain, ils pourraient poursuivre leur promenade le long du canal puis déambuler n'importe où dans Paris, leur activité favorite. Ils se sont donc levés de table et ont fait deux ou trois pas en direction du McDonald's dont l'enseigne lumineuse est la seule couleur qui reste à Déborah de cette nuit horrible, quand les premiers coups de feu ont retenti. Ils ont d'abord cru à des pétards, mais très vite ils les ont vus, eux, les tueurs, et les gens autour qui s'éloignaient en courant. Oui, les tueurs étaient là, sous leurs yeux, à égale distance entre La

Bonne Bière et Casa Nostra, tirant sans relâche sur qui vivait, comme dans un jeu vidéo. Ils ont pensé un instant qu'ils s'en étaient échappés. Ils les ont regardés tirer encore, ça n'était pas possible de tirer autant, d'ailleurs ils liraient plus tard dans un article que plus d'une centaine de douilles 7.62 avaient été retrouvées sur le trottoir à cet endroit par les enquêteurs et ils n'en seraient pas surpris tant les terroristes avaient tout arrosé sur leur passage, bras, jambes, têtes, pieds, mains, genoux, thorax, cœurs, rates, poumons – *tac tac tac tac tac tac tac* –, les tirs nourris en rafale ne s'arrêtaient plus, le bruit était infernal, c'était le bruit de la guerre et, de fait, c'est la seule chose que Déborah a pu dire à Pierre ce soir-là – « Pierre, mon Dieu, c'est la guerre. »

À ce qu'il prétend, il l'aurait poussée contre la porte d'un immeuble pour la protéger. Elle ne s'en souvient plus. Elle ne garde en mémoire que le bruit des tirs, la Seat noire qu'ils ont vue filer en trombe devant eux, puis ce silence abyssal qui laissait simplement entendre une fille pleurer tout bas quelque part. Il y avait aussi un corps à terre au pied d'une voiture grise dont la portière était entrouverte. L'homme avait dû se faire tirer dessus en sortant de son véhicule, et maintenant il gisait là, dans son sang, personne ne pouvait rien pour lui. De l'autre côté de la rue, les tables et les chaises étaient renversées, les vitrines criblées de balles. Partout, des bris de verre jonchaient le sol et du sang, en ruisseaux, filait sur le trottoir. D'autres corps étaient tombés. Beaucoup de corps. Des morts, mais surtout des blessés.

Déborah ignore combien de secondes ils sont restés là à contempler ce carnage. Elle a perdu la notion de ce temps qui s'est dilaté à l'infini pour monopoliser sa mémoire, le reste ne lui revenant que par bribes, tel un rêve décousu. La nuit, ou bien lorsqu'elle fait ses courses au supermarché, il lui arrive encore d'entendre hurler « Tirez-vous ! Allez vous mettre à l'abri ! », mais elle est incapable de situer le moment exact où cette voix leur a intimé cet ordre. Elle se revoit retranchée dans un hall d'immeuble avec des inconnus, dont cet enfant collé à la jambe de sa mère qui n'arrêtait pas de pleurer. C'était au 2, rue de la Fontaine-au-Roi, lui assure Pierre. Peut-être. Il faudrait y retourner pour être sûr, mais elle est incapable de remettre un pied dans cette rue, dans ce quartier qui est pourtant celui de Driss, son ex-mari. Toujours selon Pierre, la police serait venue les évacuer parce qu'elle craignait la présence de complices dans l'immeuble. Lorsqu'ils sont ressortis la rue ressemblait à un champ de bataille, lui a-t-il dit, les camions de pompiers et les ambulances étaient nombreux, les morts recouverts d'un drap blanc, les blessés sur des brancards, et ils ont traversé ce chaos accrochés l'un à l'autre, tels deux vieillards dans un monde en ruine jusqu'à la place de la République où, subitement, tout leur a paru si calme. De ce calme, elle se souvient comme d'une frayeur immense. Par chance, ils avaient trouvé un taxi, et s'étaient rendus chez Pierre qui habitait à l'époque rue Saint-Sauveur, pour ne plus en ressortir du week-end. À ceux qui les ont appelés pour savoir s'ils étaient en sécurité, ils n'ont rien raconté. Non, absolument rien rapporté à personne de ce qu'ils venaient de vivre, comme si le fait de n'être ni morts ni blessés avait pu rendre la moindre de leurs paroles obscène. Ils étaient des miraculés, pas des victimes. Ils n'avaient rien perdu, sinon ce que leur histoire naissante avait réussi à ressusciter de leur jeunesse – l'insouciance, le désir, la légèreté –, mais que valaient tous ces sentiments maintenant que tant de gens dans Paris pleuraient un des leurs ? Plus rien, leur semblait-il, si bien que cette nuit-là, dans le silence de cette chambre qu'ils ne devaient plus jamais revoir un mois plus tard, glissés sous les draps froids, leurs corps nus soudés l'un à l'autre comme les squelettes de ces amants retrouvés dans une des grottes de Diros, seule survivance d'une civilisation disparue depuis six mille ans, ils choisirent l'unique voie qui leur était offerte : prendre la mesure de leur chance, en être digne, et vivre, *vivre vite !*

Mais quel rapport y avait-il entre vivre vite et vivre ensemble ? Pierre éprouvait-il le réel désir de s'installer avec Déborah ? Et Déborah celui de partager le même toit que Pierre ? Si quelqu'un lui avait posé la question, il est peu probable qu'elle eût répondu oui. Elle aimait pourtant un tas de choses chez cet homme – sa voix, sa peau, ses idées, la manière dont il lui faisait l'amour et le regard bienveillant qu'il portait toujours sur Léo –, mais la violence de son fils l'inquiétait déjà, tout comme la figure de son ex-femme qu'elle sentait planer sur eux telle une ombre menaçante. Oui, elle avait peur de son ex-femme, de ce qu'elle pourrait charrier comme malheur, et chaque fois que son nom était prononcé ou qu'elle entendait sa voix de crécelle s'exciter à travers le portable de Pierre, une petite voix au fond d'elle lui disait : « Ne t'engage pas ! » Et puis il y avait Driss, bien sûr, le père de Léo... Déborah ne s'était séparée de lui qu'un an auparavant, quel besoin aurait-elle eu de lui imposer si vite de voir son fils vivre avec un autre ? En réalité, elle était heureuse comme ça, seule avec son enfant ou seule avec son amant, et tous ceux qui seraient venus lui parler de famille recomposée auraient été bien reçus : elle ne croyait pas une seconde en ce modèle. Il ne la faisait rêver en rien. Elle y voyait un leurre, une farce grossière. Elle aurait été la dernière à vouloir y participer. Et pourtant, trois jours après les attentats, c'était elle seule, sur Internet, qui avait trouvé l'appartement.

Nous sommes alors le lundi 16 novembre. Pierre la laisse à l'aube pour rejoindre le Palais où une audience l'attend, et Déborah quitte la rue Saint-Sauveur juste après lui. Dans le Uber qui la conduit rive gauche, elle n'a qu'une hâte, être chez elle. Elle imagine que son intérieur lui apportera le sentiment de sécurité dont elle a besoin, des repères salutaires dans ce chaos général, mais lorsqu'elle arrive enfin là-haut, dans ce trois pièces du boulevard Saint-Michel qu'elle partage avec son fils depuis sa séparation avec Driss, le calme qu'elle y trouve, les choses toutes bien rangées à leur place, les fleurs, les bougies, les beaux livres, le plaid impeccablement jeté sur le canapé comme s'il ne s'était rien passé de particulier durant le week-end la glacent. L'ordonnancement parfait de son petit monde ne lui apporte aucun réconfort. Bien au contraire, il est en tel décalage avec ce qui se passe dans Paris qu'elle ne peut le considérer que comme provisoire et se demander quand, ici aussi, la violence viendra tout emporter.

Elle abandonne son sac à main dans l'entrée mais ne retire pas son manteau et va tout de suite s'asseoir devant son ordinateur. Elle ouvre sa boîte mail, trouve parmi les publicités deux courriels de Fred Vitoux, son producteur, mais ne perd pas de temps à les lire puisqu'elle sait déjà ce qu'il veut, il le lui a dit par texto ce matin au réveil : en raison des événements, la chaîne à qui ils ont vendu son dernier documentaire sur la radicalisation des jeunes filles en Europe a décidé d'avancer la date de diffusion, en conséquence de quoi elle réclame une copie du film avant la fin de la semaine. Vitoux est inquiet. Il veut savoir si Déborah pourra tenir ce nouveau délai, si elle a terminé le montage, récupéré les voix qui lui manquaient. Non, elle n'a rien récupéré du tout, ce qu'elle devrait donc faire tout de suite, mais une urgence plus grande lui intime d'ouvrir une page Safari pour chercher le nom des morts. Instantanément, apparaissent en vrac ceux de Stéphane Albertini, Justine Dupont, Nohemi Gonzalez, Mohamed Amine Ibnolmobarak, Pierre Innocenti, Renaud Le Guen, Charlotte et Émilie Meaud, Fanny Minnot, Cécile Misse, Manu Perez Paredes… La liste ne fait que commencer et elle sera longue – cent trente noms, a déclaré le procureur de la République. Cent trente inconnus dont subitement Déborah ressent le besoin de voir le visage et de connaître la vie, savoir ce qu'ils ont fait, qui ils ont été, avec qui ils vivaient et ce qu'ils aimaient, tout ce qui pourra les rendre un peu vivants l'intéresse, les images insignifiantes qu'ils postaient sur les réseaux sociaux comme les commentaires aux posts de leurs amis, elle prendra tout, oui, tout pourvu qu'ils ne soient pas réduits à leur seul patronyme ou, pire, à ce chiffre de cent trente qui ne veut rien dire, qui ne recouvre aucune réalité. Elle épluche les comptes Facebook, Instagram et Twitter de ces inconnus, passe de lien en lien et d'image en image, plonge toujours un peu plus profondément dans leur existence comme dans une mer sans fond, découvre leurs joies et leurs peines, leurs plaisanteries, leurs colères, leur univers – leur tendresse. Cela dure plusieurs heures et Déborah ne les voit pas passer. C'est étrange à dire mais, bien qu'elle ne connaisse aucune de ces victimes, elle se sent un lien avec chacune. Ces gens lui ressemblent. Elle aurait pu tous les croiser, les fréquenter, peut-être même les aimer, et elle se dit que cette empathie inattendue pour de parfaits étrangers signifie au moins une chose, que Paris est sa ville, et que si elle ne devait donner qu'un seul nom pour dire d'où elle vient, ce serait celui-là, *Paris.*

Le jour finit par décliner. Déborah quitte son ordinateur et les morts qui s'y trouvent. Elle a le ventre vide, les yeux qui brûlent. À pas timides, elle s'approche de la fenêtre donnant sur le boulevard, colle son visage contre la vitre et observe, épatée, les gens qui vont et viennent en bas de chez elle. Comment font-ils, tous ces gens, pour marcher au même rythme que la semaine dernière ? Pour ne rien laisser transparaître de leur panique, leur tristesse, leur désarroi ? Elle les trouve d'une force étonnante et pourtant si petits, si fragiles depuis son cinquième étage… Avec son doigt, elle s'amuse à en suivre un au hasard qu'elle écrase avant qu'il ne sorte du cadre, et elle se dit qu'au fond les choses sont aussi bêtes que cela, qu'il n'y a pas de logique chez celui qui tire, non, aucune logique puisque la cible dans le viseur n'est jamais plus qu'un point, c'est-à-dire *rien*, et alors les mots qu'elle entendait enfant dans sa famille lui reviennent à l'esprit, *C'est toi et ta chance.* Son père qui avait perdu le sien un soir à Alger d'une balle qui ne lui était pas destinée disait souvent cela, tout comme sa mère dont une partie de la famille avait péri en déportation, et chaque fois Déborah levait les yeux au ciel, petite fille agacée par des parents qui semblaient ne pas avoir compris que leur guerre était terminée, que plus personne n'avait besoin d'avoir de la chance. Elle voudrait maintenant les appeler tous les deux et leur demander à quoi tient celle-ci, est-ce qu'on peut l'attirer à soi comme un aimant, en avoir toute une vie durant, la transmettre à ses enfants ? Déborah s'interroge. Elle n'a pas de réponse. Elle sait simplement que le monde est entré dans une nouvelle ère, cela fait quinze ans déjà mais pour elle quarante-huit heures seulement, et l'idée de pouvoir disparaître n'importe où, à n'importe quel moment comme ces gens qu'elle a vus étendus sur la chaussée vendredi soir l'emplit d'une terreur sans fin. Elle se met alors à sangloter, seule dans son salon. C'est la première fois depuis les attentats.

Quand elle se reprend, deux ou trois minutes plus tard, quelque chose a lâché physiquement, et elle se surprend à éprouver un plaisir étrange, celui de l'abandon, du dépôt des armes, comme si elle avait accepté de ne pouvoir se battre contre cet ennemi invisible qu'est le terrorisme, ni même s'en protéger, et dans cette nouvelle forme de fatalisme dont l'autre nom est la paix de l'esprit – *s'il m'arrive quelque chose, eh bien ma foi, tant pis* –, le monde autour cesse petit à petit de lui apparaître comme une gigantesque menace. Elle se réinstalle à son ordinateur. Elle a reçu plusieurs annonces immobilières au cours de la journée, qu'elle consulte sans but. Cela fait plus d'un an qu'elle a trouvé ce qu'il lui fallait pour elle et son fils, mais par curiosité elle continue de regarder ce que les sites proposent. Elle aime bien se tenir au courant du marché, lire les descriptifs des logements, rêver devant les photos des chambres, des salons, des cuisines qui les illustrent. Elle trouve ça mieux encore que les voyages, une possibilité de voir en un clin d'œil quelle serait sa vie dans d'autres murs, et la vie n'étant peut-être pas autre chose qu'une projection, chaque fois qu'elle s'adonne à l'exercice, elle se sent à nouveau pleinement dedans. Mais cette « balade immobilière » n'est qu'un jeu, bien sûr, une façon comme une autre de s'aérer la tête – Déborah n'a aucune intention de chercher un nouvel appartement. Elle trouve pourtant la rue de Belzunce ce lundi-là parmi ces annonces.

Le descriptif est très succinct. Il dit simplement : « Métro Gare du Nord, 3 chambres, 92 m^2, 2600 euros CC – visite sur place le lundi 23/11 entre 10 heures et midi. » Ces maigres informations sont accompagnées d'une image unique représentant la façade haussmannienne de l'immeuble. Il n'y a pas de photos des chambres, pas de photos du séjour ni des salles de bains non plus. Déborah est donc dans l'impossibilité de se faire la moindre idée de l'agencement des pièces, des volumes, de la lumière ou de l'état des sols et des peintures, mais peut-être est-ce précisément cette absence d'informations qui aiguise sa curiosité et fait que le lundi suivant, à 10 heures précises, elle se retrouve devant le 12, rue de Belzunce qui va bientôt devenir son adresse. Elle le pense.

Pierre, lui, a une tout autre explication. Il prétend que, si Déborah s'est rendue à cette visite, c'est qu'inconsciemment elle savait que l'appartement pouvait leur correspondre. Il se trouve en effet dans le seul quartier possible pour lui, celui de la gare du Nord d'où, une fois par semaine au moins, un train le mène à Calais. Pierre a grandi dans le centre ancien de cette ville, au sein d'une famille juive pour partie originaire de Pologne et pour l'autre d'Alsace, où depuis la Révolution on vivait du commerce de la dentelle. Poussé par son père, il est le premier à avoir choisi une autre voie, celle des études. À dix-huit ans, il est ainsi parti « faire son droit » à Paris, comme disent les provinciaux, et par la suite il n'y est jamais revenu plus de trois jours, sinon à la mort de sa mère en 2004, puis à celle de son père dix ans plus tard. Pierre adorait son père, ce dont il ne se doutait pas (en tout cas pas à ce point), et ce fut pour lui une période rude où il dut affronter seul la déchéance d'un homme qui se savait condamné et qui était terrifié à l'idée de s'éteindre. La chance de Pierre fut de recroiser un de ses anciens camarades de classe devenu médecin qui accepta d'abréger les souffrances du vieil homme. Cet ami s'appelle Grégory Vilain. C'est un type intelligent, profondément humain, qui reçoit en ville et dirige par ailleurs l'antenne locale du Secours catholique, très présent sur le site de la jungle. Au printemps 2015, lorsque Calais a dû faire face à de nouvelles arrivées massives de migrants, Grégory a demandé à Pierre s'il voulait bien faire valoir les droits des demandeurs d'asile auprès de l'OFPRA, et bien que ce ne soit pas la branche du droit dans laquelle il est spécialisé, Pierre ne s'est pas senti de refuser. Depuis, il s'y rend chaque semaine.

La situation géographique de la rue de Belzunce avait cet autre avantage qu'elle se trouvait à égale distance exactement, en métro, des écoles de Léo et Salomon, et l'appartement disposait de trois chambres, ce qui signifiait que les enfants pourraient avoir chacun la sienne, élément déterminant d'une recomposition familiale réussie. Quant au loyer, il n'était pas déraisonnable au regard de leurs salaires respectifs, de sorte que Pierre a sans doute raison, le cerveau de Déborah a dû tout de suite noter ce bien comme *cochant toutes les cases*, et pourtant ce soir-là, lorsqu'il l'avait rejointe chez elle, elle ne lui en avait pas dit un mot. Elle s'était même défendue de chercher quoi que ce soit lorsque, en se postant derrière elle pour l'embrasser, il avait découvert l'annonce et lui avait demandé, étonné :

– Tu veux déménager, toi, maintenant ?

Déborah avait levé les yeux au ciel :

– N'importe quoi !

Il s'était alors penché sur l'écran, avait lu le descriptif, et lui avait rappelé que les annonces sans photos, c'était toujours tout pourri. Déborah avait ri, elle était d'accord avec lui. Il avait tout doucement baisé sa nuque et sa gorge, puis sa bouche était venue chercher la sienne, tandis que ses mains étaient descendues vers ses seins, et ils avaient longtemps fait l'amour. Très longtemps. Déborah avait oublié l'annonce.

Elle n'e l'avait pas reconsultée le lendemain, ni aucun autre jour de cette troisième semaine de novembre. Elle ne l'avait évoquée avec personne, et à aucun moment n'avait envisagé d'appeler l'agence qui l'avait mise en ligne pour de plus amples informations, mais le lundi suivant, plutôt que d'aller à la piscine comme elle le fait chaque semaine, elle avait pris le métro en mode automatique jusqu'à la station Gare du Nord et, vingt minutes plus tard, elle serrait la main d'un agent immobilier.

L'homme, jeune et pâle, flottait dans son costume sans couleur. Il ne connaissait pas les lieux, possédait un trousseau bourré de clefs qu'il avait toutes essayées avant de tomber sur la bonne, évidemment la dernière. Déborah était entrée le première. Elle s'était avancée jusqu'au milieu de la pièce, avait scanné l'espace d'un rapide coup d'œil, fait pour cela un tour complet sur elle-même, et au lieu de se dire ce qu'on se dit en pareille circonstance – *c'est beau, c'est grand, c'est blanc, c'est haut de plafond* –, elle avait pensé : *c'est chez moi.* Elle avait aussitôt appelé Pierre. Un silence planait autour de lui. Elle s'était entendue se racler la gorge comme avant une audition, puis d'une traite elle lui avait dit :

– Je suis rue de Belzunce, au numéro 12, si tu peux, j'aimerais bien que tu viennes.

– Ne bouge pas, avait-il répondu. J'arrive tout de suite.

Ces mots brefs et le ton grave sur lequel il venait de les prononcer lui avaient procuré un sentiment étrange. Déborah avait l'impression que Pierre avait répondu à un appel au secours. Comme s'il voulait l'aider à tout prix, la sauver d'un péril imminent. Elle comprendrait pourquoi lorsqu'il lui apprendrait qu'il était à son cabinet, dans la grande salle de réunion où venait de se tenir une cérémonie en hommage aux victimes des attentats. Deux de ses collaborateurs avaient perdu des proches au Bataclan. Pierre venait donc de voir des gens pleurer, des gens perdus, amputés d'une partie d'eux-mêmes, et au-delà du fait qu'il s'était nécessairement imaginé à leur place, il avait dû se trouver dans cet état de frustration typique où nous met le malheur des autres quand on ne peut rien contre, si bien que, par la suite, Déborah ne pourrait plus s'empêcher de penser qu'en d'autres circonstances Pierre n'aurait pas éprouvé un tel besoin d'accourir. En d'autres circonstances, elle sait qu'elle l'aurait appelé et qu'il lui aurait dit : *Débo, je suis désolé, j'ai un train, une audience, un déjeuner, je ne peux pas venir maintenant.* Alors, l'histoire aurait été très différente. En vérité, il n'y aurait peut-être même pas eu d'histoire. Et quand je dis *histoire*, je veux parler de cette aventure que nous n'avons jamais cessé de renouveler depuis qu'Abel fut tué par son frère Caïn, et que Pierre et Déborah ont tentée eux aussi à leur humble niveau avec leurs deux fils dans cet appartement de la rue de Belzunce, c'est-à-dire *vivre ensemble*, parce qu'en dépit des larmes et du sang si souvent versés, il est bien une chose dont les hommes ne pourront jamais se passer, c'est aimer, et être aimés.

– C'est bon, on le prend, a dit Pierre à l'agent immobilier. Je vous fais déposer un dossier en début d'après-midi.

– Vivre ensemble, toi, tu dis ?! Vivre avec des étrangers, oui ! s'esclaffe Léo d'un petit air comique. Et j'les connais pas, moi, en plus, ces gars-là... Ils sont clean ? Est-ce qu'ils ont leurs papiers, par exemple ?

Le jeune adolescent a toujours eu le don de faire sourire sa mère, comme son père avant lui, et cette fois encore Déborah n'y résiste pas. Un vieil homme à une table voisine leur lance un regard attendri. Elle en est flattée, heureuse. La complicité avec son enfant était une des choses qu'elle s'était promis de réussir dans sa vie, et en cet instant elle se dit qu'elle ne l'a pas ratée. Le serveur leur apporte leur commande, un Coca pour Léo, un thé vert pour elle. Ils sont au café à côté de son collège, il doit être 17 heures et des poussières, et la plupart des élèves viennent de sortir – l'endroit est bondé de jeunes qui regardent par grappes des vidéos sur leur smartphone. Ça rit beaucoup, il fait chaud, de la buée recouvre les vitres. Sur l'une d'elles, Léo s'amuse à tracer son nom de l'index. Déborah le regarde faire. Elle se demande s'il a bien entendu ce qu'elle lui a dit. Elle est venue le chercher exprès pour lui annoncer la nouvelle – « Nous allons emménager avec Pierre et Salomon » –, or depuis son entrée en sixième, Léo ne l'a plus jamais trouvée derrière les grilles à l'attendre, et l'effet de surprise semble continuer d'infuser tout son être. On dirait qu'il ne croit pas à cette scène, ni à la présence de sa mère dans ce café, ni au fait que sa vie puisse encore changer, et d'ailleurs, comme si ça pouvait être une blague, il lui demande :

– Non mais sérieusement ? On va vivre avec eux ?

– Oui.

– Tu veux dire vivre dans le même appartement, comme si on était une vraie famille ?

– On va essayer, oui.

– Mais je croyais que c'était papa, ta famille ? C'est pas ce que vous m'avez dit quand vous vous êtes séparés, *on sera toujours une famille* ?

Il n'y a ni colère ni tristesse dans la voix de Léo, juste ce grand étonnement qui se répand sur son visage à la manière d'une tache d'huile, et Déborah en a le cœur brisé. Mais peut-être l'est-il déjà par la mélodie de Leonard Cohen qui chante *Suzanne* à la radio, dont elle a reconnu les premières notes tout de suite, malgré le vrombissement du percolateur. Elle adore cette chanson, ce prénom. Elle aurait voulu une fille pour le lui donner. Driss était d'accord, à l'époque. Comme elle, il rêvait d'une grande famille, mais pour une raison qu'ils ignorent, un jour, ils ont cessé de se désirer, et maintenant Léo sera toujours aussi seul qu'il l'est à présent dans ce café, devant sa mère et devant la décision qu'elle a prise de le faire vivre avec d'autres.

Quelqu'un, près du bar, change de fréquence. De brefs grésillements s'échappent du poste, puis le dernier tube de Maître Gims résonne dans la salle.

– Oh, maman, écoute ! s'écrie Léo. J'adore cette chanson !

Il s'est levé de sa chaise et, comme pour prouver à sa mère que la solitude n'a jamais empêché quiconque d'être heureux, il se met à chanter en play-back dans un micro imaginaire, puis à danser aussi, là, tout seul au milieu des tables, sans se soucier un instant des gens autour, les yeux clos et le visage tendu vers la lumière. Déborah entend alors un rire de fille derrière elle, deux ou trois sifflets et des applaudissements tandis que Léo continue de se dandiner, et bientôt c'est la salle entière qui s'enthousiasme de son audace. Voilà l'enfant qu'est le fils de Déborah, un garçon de treize ans capable d'emporter en cinq minutes l'adhésion du plus grand nombre, et dont ses parents se demandent régulièrement par quel miracle il peut bien être le leur. De qui tient-il cette légèreté, cette joie de vivre, cet humour si singulier ? C'est un mystère que Driss et Déborah n'ont pas élucidé, mais plus Léo grandit et plus il les rend heureux, confiants en son avenir que le jeune garçon a le don d'accueillir de manière toujours positive. Ne vient-il d'ailleurs pas d'en donner une nouvelle preuve à sa mère ? À peine a-t-il appris qu'il allait changer de vie, et le voilà déjà en train de danser ! Il danse encore une minute ou deux puis la chanson prend fin, le café entier l'applaudit à nouveau, et quand ils en ressortent juste après, la mère et le fils courent et rient tels deux gosses qui viendraient de faire un joli coup.

Dans les jours qui suivent et jusqu'au déménagement, Léo ne revient pas sur ce que Déborah lui a appris. Il a enregistré l'information, elle est maintenant rangée au fin fond de son cerveau, mais il se dit que plus longtemps elle y restera, mieux il se portera. Déborah le regrette.

Elle aurait voulu pouvoir rassurer son fils, lui expliquer que les familles ne sont pas des entités figées mais des corps aussi changeants que ceux qui les constituent, mouvants, vivants, et de ce fait soumises au même champ des possibles que n'importe quel individu. Elle aurait aimé lui dire qu'on est un jour le centre d'une famille comme elle l'a été pour ses parents et comme lui l'est aujourd'hui pour son père et elle, mais qu'un beau matin les choses changent, on devient à son tour le chef d'une nouvelle cellule, celle que l'on a décidé de fonder avec l'être aimé, or il est possible d'aimer plusieurs fois au cours d'une vie, cela n'est pas un péché, et de ces amours successives peuvent naître des entités qui semblent distinctes en apparence mais qui en réalité se trouvent par nature enchevêtrées parce que *recomposées*, oui, voilà le terme connu et rassurant qu'elle aurait sans doute utilisé pour faire comprendre à Léo qu'ils n'étaient pas un cas isolé, que ce qui leur arrivait arrivait à des milliers d'autres gens, et que par conséquent, en s'installant avec des *étrangers* comme il disait si bien, la société les accueillait encore dans une de ses cases, elle ne faisait pas d'eux deux marginaux désespérés. Mais peut-être est-ce précisément cela que Léo ne veut pas entendre, et ce pourquoi, quinze jours plus tard, alors qu'ils déballent leurs cartons dans le séjour de la rue de Belzunce, le voilà qui danse à nouveau… Ils sont juste tous les deux alors. Les déménageurs viennent de les quitter, Pierre est parti chercher son fils chez son ex-femme, et Léo a mis Black M à fond pour empêcher sa mère de parler. Il ne veut pas de ses explications, ni qu'elle lui pose de questions. Ce qu'il désire, c'est profiter de ce dernier instant qu'ils n'ont à partager avec personne, c'est ce que son corps lui dit, mais comment Déborah peut-elle le comprendre ? Elle imagine bêtement que son fils est heureux, excité comme elle l'est elle-même, sinon pourquoi se serait-il réjoui de sa nouvelle chambre, de son bureau flambant neuf, de ce papier peint qu'il a choisi dans une boutique avec elle et surtout de ce *lit de grand*, en 140, qu'il réclamait depuis si longtemps ? Maintenant il saute dessus, hilare, la tirant par le bras pour l'entraîner dans son sillon, et Déborah se laisse faire sans beaucoup de résistance telle une gamine heureuse de n'avoir renoncé à rien, d'être enfin, à quarante ans, mère et femme à la fois, et de l'être dans le même temps, sous le même toit, puisque c'était cela, la grande promesse que lui faisait cette nouvelle vie. Et puis la chanson s'arrête et quelqu'un sonne à la porte. Pierre.

Il n'a pas oublié ses clefs. Il le dit tout de suite, elles sont dans le fond de ses poches, seulement, chargé comme il l'est, il ne peut les attraper. Déborah, en effet, ne voit même pas son visage, une montagne d'objets en tout genre le lui dérobe, valises, balais, toaster, vêtements divers qui restaient rue Saint-Sauveur après les derniers cartons remplis, et elle s'écarte pour le laisser entrer – « Qui que vous soyez, je vous en prie, soyez le bienvenu ! » Pierre se débarrasse de son fatras dans l'entrée puis s'approche d'elle, attrape ses bras et prend le temps de détailler chaque parcelle de son visage. Ses yeux rient comme ceux d'un enfant. Il est heureux et il le lui dit. À quarante-cinq ans, il n'a jamais vécu avec une femme, pas même avec la mère de son fils, il est donc ce qu'on appelle un vieux célibataire et cela a de génial que tout ce qui serait une corvée pour un autre – choisir une peinture, acheter un canapé, monter un meuble Ikea – possède à ses yeux le doux parfum du miracle. Oui, « tout cela est un tel miracle... » lui murmure-t-il dans un excès d'émotion qui lui donne les larmes aux yeux, mais n'étant pas du genre à s'attendrir longtemps, il attrape les deux sacs en plastique contenant leur dîner et va vite les déposer dans le séjour, sur une des piles de cartons qui feront ce soir office de table, en s'époumonant :

– Sushis pour tout le monde, j'espère que ça vous va ?!

Déborah le suit avec les boissons, et Léo rapplique tout de suite dans le séjour, entamant une danse indienne qui ajoute encore un peu de gaieté à cette première soirée. Ils se mettent à déballer les sacs, sortent les barquettes de poisson cru, les salades de chou, les soupes composées de champignons et de tofu, et les petites sauces sur les couvercles desquels une lettre au marqueur est censée distinguer les sucrées des salées, pourtant tout le monde se trompe tout le temps. Déborah les laisse faire. Elle s'est assise à l'écart, sur le canapé près de la fenêtre, et à les observer elle éprouve un ravissement qui la bouleverse, une tranquillité qui ne l'avait pas étreinte depuis des jours. Sans doute parce qu'elle sait qu'avec eux elle n'aura pas à se battre. Leur lien se tissera de lui-même, sans son aide, elle l'entrevoit déjà dans chacun de leurs gestes, dans l'intonation de leurs voix, partout il lui saute aux yeux, et cette affinité est une surprise en même temps qu'une chance dont elle remercie le Ciel. Elle ferme les yeux puis les rouvre. Pierre raconte une blague à Léo qu'elle n'entend pas, ensemble ils éclatent de rire, et quand le silence revient, une voix en provenance de l'entrée leur demande s'ils comptent s'amuser encore longtemps ainsi, alors qu'il reste tant de cartons à déballer. Cette voix est celle de Salomon. Déborah ne l'a même pas vu entrer… Par où l'enfant est-il passé ? Il a dû demeurer sur le palier tandis que son père se glissait à l'intérieur, et se glisser à son tour dans l'entrée au moment où son père et Déborah ont rejoint le séjour, si bien qu'ils l'ont *oublié*, en quelque sorte. Le silence s'alourdit. Salomon reste figé dans cette entrée obscure, à attendre quoi, personne ne le sait, mais Déborah imagine qu'il va faire une blague lui aussi et, depuis sa place, elle guette la seconde où, poussant un cri inattendu, il les fera tous hurler à leur tour et beaucoup rire. Seulement ce cri ne vient pas et les secondes s'étiolent. Puis, toujours sans bouger, Salomon répète :

– Je vous demande, vous allez vous amuser encore longtemps comme ça ?

Il y a de la rage dans sa voix. Et du mépris. Pierre intervient :

– Salomon, pose ton cartable et viens nous rejoindre. On va dîner d'abord, on rangera ensuite.

Le jeune garçon porte en effet son sac de classe sur le dos bien que la scène ait lieu un dimanche soir. Il s'agit d'un cartable rempli de livres et de cahiers mais aussi d'un tas d'objets qui lui sont chers, jeux de cartes, figurines, doudou dont il ne veut jamais se séparer, ce dont Déborah et Léo se rendront compte rapidement puisque, même pour dîner dans la cuisine de ce nouvel appartement, il le gardera accroché à ses épaules, comme si le fait d'avoir été toute sa vie baladé entre deux foyers avait fini par faire de lui un enfant-escargot. C'est d'ailleurs le surnom que son père lui donne quand, de guerre lasse, il accepte cette étrangeté, *mon petit garçon-escargot.*

– Tu as entendu ? répète Pierre. Tu poses ce cartable et tu viens dîner avec nous.

– Dans ce désordre ? Hors de question, proteste l'enfant.

– Salomon ! Tu fais ce que je te dis !

– Pourquoi tu me cries dessus ?! hurle l'enfant en retour. Parce que je suis maniaque comme ma mère, c'est ça ? Parce que je supporte pas le bordel ? Eh ben oui, je suis comme ma mère, et t'façon, je veux retourner vivre chez elle à plein temps ! J'veux pas vivre ici ! J'veux pas vivre avec vous, tu comprends ?! Je vous déteste tous ! Je voudrais être mort pour vous avoir jamais connus !

Ces mots sont des uppercuts. Ils les laissent tous les trois K-O debout, et aucun d'eux n'a le temps de recouvrer ses esprits que le gosse a déjà détalé dans le long couloir menant à sa chambre. Ils entendent sa porte claquer violemment, c'est la gifle qu'il leur met à distance. Et puis plus rien. Le silence.

Pierre, vers qui Déborah se tourne, regarde toujours en direction de l'entrée. Il semble ne pas avoir imprimé que son fils n'y est plus, et il fixe le vide avec l'air perdu des naufragés. C'est un air que Déborah connaît bien. L'air de la stupeur et de l'effroi. Le même air exactement qu'elle a rencontré chez des dizaines de parents pour son documentaire sur la radicalisation, des hommes et des femmes de partout en Europe, dévastés parce que leurs enfants avaient choisi de rejoindre les rangs de Daesh. Il n'y a pourtant aucun rapport entre Pierre et ces parents-là, mais Déborah se souvient que leur visage exprimait la même impuissance, et de la bouche de son compagnon elle se dit qu'elle pourrait maintenant entendre, au mot près, ce que ces gens lui ont partout répété :

« Ne me demandez pas pourquoi mon enfant est comme ça. C'est moi qui l'ai fait, d'accord, mais je n'en sais rien. Je ne comprends pas ce qui se passe dans sa tête. C'est mon fils, et c'est un étranger. »

Déborah ne veut pas abandonner Pierre comme ces parents l'ont été. Elle se lève et va chercher Salomon.

Dans les jours qui suivent, le fils de Pierre ne fait pas d'autre crise, et celle du premier soir est en quelque sorte oubliée, noyée sous l'excitation de l'emménagement. C'est le temps de la gaieté. Le temps béni des cadres à fixer aux murs, du couloir à repeindre en prune, des livres qu'on redécouvre en les rangeant dans la bibliothèque et de la virée chez Ikea le dimanche matin pour y acheter, dans la joie et la bonne humeur, les séparateurs des tiroirs de cuisine, les dérouleurs de papier hygiénique, les poubelles de salle de bains. Dans ce temps-là il n'y a pas d'espace pour ce qui assombrit la photo.

Pierre a emprunté une Audi toutes options à l'un de ses associés pour l'occasion. Il la conduit d'une main et, de l'autre, tient celle de Déborah tandis que la playlist nostalgique de leur ami les fait fredonner du Michel Berger, France Gall,

Aznavour, Daho. Depuis combien de temps n'ont-ils pas été si bêtement heureux ? Ils ont fait l'amour une première fois ce matin très tôt alors qu'ils étaient encore à moitié endormis, puis une seconde fois sous la douche, lui derrière elle, ils avaient oublié de verrouiller la porte et ils en riaient, « si les enfants nous surprennent ? » Mais au fond ils s'en moquent, de leurs enfants, ils ont à nouveau vingt ans et plus rien ne compte que leur désir. Ils se sentent libres, légers, intouchables. Ils ne pensaient pas que cela pourrait leur arriver. Non, ils ne pensaient pas qu'un jour, dans leur vie, on leur offrirait cette seconde chance, et que l'avenir redeviendrait ce long ruban vierge qui se dévide devant eux, semblable à l'A6 en ce dimanche matin d'hiver, désert et fluide, sur lequel il leur appartient désormais de tout reconstruire – oui, *tout*, mais cette fois sans faire d'erreur, espèrent-ils.

Leurs fils, eux, sont à l'arrière. Ils ne se parlent pas. Salomon est plongé dans *Vipère au poing*, le roman autobiographique d'Hervé Bazin que sa mère lui a offert la semaine précédente après une violente dispute – « comme ça, tu verras qu'il y a bien pire que moi » –, tandis que Léo est collé à sa portière et le regarde du coin de l'œil. Il se demande comment on peut lire en voiture sans avoir dans la seconde envie de vomir. *Ce type est un extraterrestre*, en conclut-il, puis il détourne son regard vers le dehors où défilent les entrepôts d'Île-de-France, sortes de gros Lego comme ceux qu'il possédait quand il était petit et que ses parents étaient ensemble. Ils l'étaient encore l'année dernière, il y a tout juste douze mois… Léo peine à y croire tant dix vies lui semblent avoir passé depuis. Il se demande si les semaines chez sa mère fileront à une telle allure. Il l'espère. Il prie pour.

« Je ne veux pas vivre ici ! Je ne veux pas vivre avec vous ! Je voudrais être mort pour vous avoir jamais connus ! » a hurlé Salomon le soir de l'emménagement rue de Belzunce, mais Déborah a décidé de n'accorder aucune valeur à ses paroles. Elle sait trop le cauchemar que vit cet enfant depuis que Pierre et elle sont ensemble, la pression que sa mère exerce sur lui en continu les semaines où il vit chez elle, le pauvre, il n'est donc qu'une marionnette entre des mains pleines de colère, et elle ne fera pas le plaisir à cette femme de détester son fils. Au contraire, elle l'aimera, et lui apportera tout ce dont cette femme est incapable – présence, douceur, tendresse. Mais la tâche n'est pas simple, Déborah s'en rend compte rapidement à l'attitude de repli que Salomon adopte dès lors qu'il franchit le seuil de chez eux, si bien que, malgré elle, la présence du fils de Pierre la rend nerveuse, souvent fausse, et la place dans une séduction difficile à supporter pour son propre fils. Léo se demande en effet pourquoi sa mère se sent sans cesse obligée de leur rapporter des petits cadeaux dont il est clair que Salomon se contrefout. L'autre jour, ils ont même retrouvé la boîte de feutres qu'elle lui avait achetée au Monoprix au fond de la poubelle. Avec un aplomb sidérant, Salomon a dit qu'il ne comprenait pas comment cette boîte avait atterri là, que c'était sans doute la femme de ménage. Pierre était absent. Déborah n'a rien osé répondre. Elle n'a rien osé dire non plus le jour où ils sont allés au McDo tous les trois, quand, après le dîner, il lui a fallu quarante minutes pour obtenir de Salomon qu'il veuille bien sortir de l'aire de jeux. À la fin, elle était à quatre pattes dans la piscine de balles, tantôt à le soudoyer avec un sundae caramel, tantôt à le menacer d'appeler son père. Elle a fini par lui acheter le sundae caramel, et quand elle le lui a donné, il lui a dit : « Tu sais, de toute façon, tout ce que tu fais, ça ne sert à rien. Tu ne seras jamais à mon goût et je te ferai toujours la guerre. » Le lendemain, Pierre est rentré de Calais. Il a demandé à Déborah comment s'était passé la soirée, si son fils avait été gentil.

– Très, a-t-elle répondu. Tout s'est très bien passé.

Déborah ne comprend pas pourquoi la mère de Salomon la déteste à ce point. Elles ne se sont jamais vues et elle ne lui a pas volé Pierre, ils n'étaient plus ensemble depuis des années quand ils se sont rencontrés, alors pourquoi cette colère, pourquoi cette haine qu'elle ressent chez son fils, chaque jour des semaines où elle l'a sous son toit ? Les lundis où il débarque après avoir passé sept jours en terrain ennemi, Déborah pourrait donner à cette colère une forme et même une couleur tant elle la visualise, et bien que Salomon soit un enfant, ce qu'elle se répète sans cesse, elle a du mal à ne pas en être affectée. Avec lui, elle se demande toujours à quelle sauce elle va être dévorée. Pourtant, d'une semaine à l'autre, le scénario est identique, il ne change pas d'une virgule : Salomon arrive rue de Belzunce entre 19 h 20 et 19 h 30, après son cours d'échecs, il sonne à la porte sans relâche, ce qui est affreusement crispant mais il n'y a rien à faire, il ne veut pas entendre qu'un petit coup suffit, il garde donc le doigt enfoncé jusqu'à ce que Déborah vienne lui ouvrir. Ensuite, il lâche un tonitruant « Bonjour, tout le monde ! » à la cantonade qui lui garantit de ne pas se voir reprocher d'être impoli, puis il file dans sa chambre où il demeure enfermé jusqu'à l'arrivée de son père. Cela fait huit jours alors qu'il n'a pas mis les pieds rue de Belzunce.

Huit jours qu'il n'a vu ni Léo ni Déborah, mais il ne leur pose aucune question, ni *Comment ça va ?*, ni *Qu'est-ce qu'on mange ce soir ?*, et ne les laisse pas l'interroger en retour sur la façon dont s'est déroulée sa semaine. La toute première fois, en l'accueillant, Déborah s'est baissée pour l'embrasser, mais à la manière d'un jeune cheval face à l'obstacle, il lui a fait ce qu'on appelle un refus, un écart ultrarapide pour lui échapper, et elle s'est retrouvée comme une idiote, la joue tendue dans le vide avec son fils qui la regardait depuis le séjour, affligé. Elle n'a jamais retenté.

Les semaines A, elle voudrait que Pierre soit là tous les soirs pour accueillir son fils. Elle n'aime pas devoir l'affronter seule. Ce n'est pas qu'il la dérange, il reste la plupart du temps enfermé dans sa chambre, mais sa présence invisible et silencieuse est presque pire que ses odieuses remarques. C'est une présence inquiétante, comme un esprit qui ferait planer sur son foyer quelque chose qu'elle n'aime pas et dont elle ne sait quoi penser. A-t-il une attitude normale ? Un comportement classique des enfants vivant pour la première fois avec leur beau-parent ? Elle n'en sait rien, sinon que Léo, lui, ne ferait jamais cela avec Pierre. Certains jours, elle se dit que cet enfant souffre d'un trouble du comportement, voire de la personnalité, et puis d'autres qu'il est simplement méchant, malveillant comme semble l'être sa mère, au regard des échanges qu'elle a avec Pierre. Elle se dit que la méchanceté existe, qu'il est des êtres mauvais par nature, que le fils de son compagnon est de cette espèce et puis cette pensée l'horrifie, et elle s'en veut de l'avoir laissée fleurir en elle.

Pour se racheter, elle cuisine des plats qui plaisent à l'enfant, des pommes de terre, du riz, des escalopes panées, des rougets. Il a confié un jour à son père qu'il aimait les rougets et elle ne l'a pas oublié. Elle essaie aussi de retenir les ingrédients qu'il déteste, elle les liste au fur et à mesure dans la rubrique « Notes » de son portable. Pour l'instant, elle a repéré la betterave, l'avocat, les courgettes. Avant d'ouvrir son réfrigérateur, elle consulte toujours cette note. Elle a peur d'oublier l'avocat parce qu'elle et Léo adorent ça. Oui, elle a peur d'en mettre machinalement dans la salade et qu'ensuite Salomon imagine qu'elle l'aurait fait exprès.

Quand elle en a le temps, elle s'arrête à la boulangerie avant de rentrer. Elle leur achète des éclairs, des tartelettes aux amandes, des pavlovas aux fruits rouges, et Léo l'embrasse toujours en claironnant « Oooooh ! Merci, ma p'tite mamounette ! » Salomon, lui, ne la remercie jamais. Chaque soir des semaines où il est rue de

Belzunce, il s'assied à table, et quoi que Déborah ait préparé à dîner, il lui dit « Ah, des carottes » ou alors « Ah, du gratin, c'est bête, j'en ai mangé ce midi à la cantine. »

Il se tient voûté et tient son couteau comme si c'était un marteau/Il ne rince pas le lavabo après s'être lavé les dents/Il laisse sa serviette en boule toute mouillée par terre dans la salle de bains/Il se met au piano alors que Déborah est en train de lire dans le salon et, vingt fois de suite, il rejoue *La Lettre à Élise* en se trompant chaque fois sur la même note/Il parle avec sa mère au téléphone sur haut-parleur/Avec sa mère, ils font des Facetime sur son iPad et, à sa demande, il la balade dans l'appartement/Il lui fait visiter la cuisine, le séjour, sa chambre/Il ne range jamais sa chambre/Il ne fait pas son lit non plus et plein d'autres choses encore qu'elle a oubliées, mais elle ne dit rien, *jamais rien*, c'est le parti qu'elle a choisi. Elle ne prétend pas que ce soit le bon, ni qu'il aboutira un jour à un rapport idyllique, ça elle n'en sait rien, et même si elle entend lui apporter ce que sa mère peine à lui offrir, elle veut garder en tête qu'elle n'est pas sa mère, justement. Elle y tient parce que, lorsqu'elle tente de se mettre à la place de cet enfant, c'est-à-dire de revenir des années en arrière et d'imaginer son père avec une autre femme que la sienne, avec une de ses anciennes maîtresses, par exemple, qui aurait essayé de se la jouer autoritaire, elle a juste envie de hurler. Ou si d'aventure Driss se remettait en couple et si sa nouvelle compagne essayait de prendre sa place auprès de Léo, elle croit qu'elle pourrait la tuer. Oui, *la tuer*, ce qui est excessif, elle le reconnaît, mais c'est pourtant ce qui l'habiterait, *une pulsion de mort.* Et puis toutes ses amies qui sont déjà passées par là, qui ont eu, comme elle, à gérer des belles-filles et des beaux-fils, le lui ont dit : « Tu n'es pas sa mère. » Sur le moment, elle a compris *Tu n'as aucun droit/Ne te mêle pas/N'attends rien/Laisse-le venir à toi*, mais maintenant elle se demande si ça ne vaut pas également pour les devoirs, si elle peut considérer qu'elle n'en a aucun à son égard et se moquer de ce qu'il fait lorsqu'il est enfermé dans sa chambre, par exemple, ou si au contraire elle doit s'en inquiéter. Après tout, il n'a que dix ans et, en l'absence de son père, la loi considère qu'il est sous sa responsabilité. S'il lui arrivait quelque chose, s'il se coupait avec un cutter ou chutait de sa chaise et se brisait le cou, serait-elle jugée coupable de ne l'avoir pas eu à l'œil ? Sa mère pourrait-elle la traîner en justice ? La faire condamner au pénal ? Lui demander des dommages et intérêts ? Voilà le genre de questions délirantes qui taraudent Déborah le soir entre le bain et le repas quand les garçons sont là, et les chasser de son esprit est loin d'être une mince affaire.

Elle ne comprend pas pourquoi Salomon a tant besoin de leur signifier où commence son territoire et où se termine le leur.

Il ne veut rien avoir à faire avec elle, rien avoir à faire avec Léo.

Il érige partout des frontières.

Il réclame *son coin* dans la salle de bains, *sa place* sur le canapé, *sa chaise* à la table de la cuisine, et sa chambre est un sanctuaire dont il a interdit l'accès à toute personne n'étant pas de son sang. Oui, « tu n'entres pas, tu n'es pas de mon sang », a-t-il dit à Léo un soir que celui-ci venait le chercher pour dîner. Cela s'est passé la première semaine après l'emménagement, et le lendemain il confectionnait plusieurs panneaux qu'il punaisait à sa porte, redoutant qu'en son absence son interdiction ne soit pas respectée. La plus imposante de ces pancartes est un sens interdit colorié au feutre rouge sur lequel il s'est acharné, les multiples traits hachurant le cercle en témoignent. Sur d'autres, il a écrit au marqueur « Défense absolue d'entrer » (ABSOLUE en capitales et souligné trois fois), « Frontière à ne pas dépasser », ou encore « Strictement interdit à toute personne n'ayant pas été expressément invitée ». Des autocollants figurant des têtes de mort, qu'il a ajoutés par la suite, complètent le tableau. Déborah respecte la consigne, même en son absence, parce qu'elle se dit qu'il a pu mettre en place un système pour le vérifier (un peu d'huile au seuil de sa porte qui retiendrait l'empreinte de ses pas), et elle ne veut surtout pas qu'il se sente trahi. Ce serait la pire des choses. En revanche il lui arrive de rôder devant cette pièce, de coller son oreille contre la porte pour tenter d'entendre ce qu'il fabrique, et même de regarder par le trou de sa serrure avec l'espoir de découvrir un élément qui l'éclairerait. Un soir qu'elle faisait cela, Léo l'a surprise en flagrant délit d'espionnage et il s'est foutu d'elle.

– Hey, m'man, fais gaffe ! lui a-t-il dit. La chambre de c'gars-là, on dirait un transfo EDF ! Si tu t'approches trop près, tu vas finir comme les deux autres, là, électrocutée !

Il voulait parler de Zyed Benna et Bouna Traoré, ces deux jeunes dont la mort tragique à Clichy-sous-Bois en 2005 avait déclenché des émeutes dans toute la France, et dont Léo avait découvert l'existence quelques mois plus tôt en voyant sa mère suivre à la télévision le procès intenté par leurs parents aux policiers pour non-assistance à personne en danger. Cette comparaison a indigné Déborah, certainement parce qu'elle laissait entendre que son foyer pourrait s'enflammer comme les banlieues françaises cet hiver-là, et elle a rembarré son fils avec brutalité, lui ordonnant de se mêler de ce qui le regardait, de lui foutre la paix. Ce n'est pourtant rien d'autre qu'un violent coup de jus qu'elle a éprouvé cinq minutes plus tard, lorsqu'elle a tapé trois coups discrets à la porte de Salomon pour lui proposer de faire un gâteau avec elle (il en avait préparé un avec son père le dimanche précédent, il avait adoré cela) et que le gosse lui a répondu, cinglant : « Laisse-moi tranquille. Je ne suis pas obligé de sortir. Je sortirai uniquement quand mon père sera là ! » Malheureusement, ce soir-là, son père était à Calais et il ne rentrerait pas de la nuit.

Depuis qu'ils ont emménagé rue de Belzunce, Déborah a la sensation que la situation de la jungle s'est dégradée, c'est en tout cas ce que Pierre lui laisse entendre et, les jours où il s'y rend, elle a compris qu'il préférait de loin partir la veille, dormir dans la maison de ses parents qu'il n'a toujours pas réussi à vendre pour être sur le terrain dès le lendemain à l'aube. L'objectif fixé par toutes les associations est désormais de désengorger le camp au maximum avant le début du mois de mars puisque, ensuite, le printemps sera de retour, les traversées en Méditerranée reprendront de plus belle et il faudra être en mesure d'accueillir de nouveaux réfugiés. Grégory, au Secours catholique, a invité Pierre à passer à la vitesse supérieure, de ne plus seulement assister les migrants dans leurs démarches juridiques, mais de faire campagne, en quelque sorte, pour les convaincre de déposer une demande d'asile auprès de l'OFPRA qui seul leur permettra d'échapper à cet enfer sanitaire qu'est la jungle. Pierre imaginait que ce serait simple. Que les gens signeraient tous, sans se poser de questions, or c'est l'inverse qui se produit : la plupart des migrants refusent de déposer la demande pour la simple raison qu'ils n'ont nullement l'intention de rester en France, que la France, pour eux, n'est à cet endroit que le point le plus proche de l'Angleterre, et c'est en Angleterre qu'ils veulent recommencer leur vie. Pierre se retrouve donc dans ce rôle incongru qui consiste à sillonner le camp pour vanter les mérites de l'Hexagone à des Syriens, des Afghans, des Soudanais qui n'en veulent pas, et il a avoué à Déborah que cette nouvelle mission, parce qu'elle venait contredire toutes les idées reçues sur les migrants, l'amusait beaucoup. Dans un autre genre, elle lui rappelle la curieuse campagne qu'il avait menée au début des années 2000 au Cambodge avec Avocats sans frontières auprès des paysans victimes des Khmers rouges pour les convaincre de se constituer partie civile au procès contre Douch, le tortionnaire du camp S-21. Les paysans y étaient totalement réfractaires. Ils ne voyaient pas l'intérêt d'un tel procès. Pour eux, il n'y avait de justice que divine, même à l'encontre de génocidaires qui avaient assassiné en quatre ans près de deux millions d'âmes, et il avait fallu leur expliquer qu'on ne faisait pas un procès pour la justice, mais pour l'Histoire. « Eh oui, l'Histoîîîîîîîre ! a dit Pierre avec emphase en rapportant l'anecdote à Déborah ; la belle et grande Histoire, eh bien c'est toujours la même, vois-tu mon amour, c'est toujours d'aller expliquer à des gens qui ne pensent pas comme nous que ce que nous voulons pour eux est bien meilleur que ce qu'eux veulent pour eux-mêmes, et voilà comment je me retrouve à vendre à des sans-papiers qui n'avaient rien demandé les allocs, la Sécu, l'école pour tous. Oui, oui, je te jure, je ne plaisante pas, mais je leur parle aussi des volcans d'Auvergne et des plages corses, c'est pas beau, franchement, la Corse ? Je leur dis comme on mange bien ici, des cuisses de grenouilles, des escargots… Tu verrais la tête qu'ils font ! » Et Pierre rit tout seul, la sienne renversée sur l'oreiller comme pour ne pas laisser entrer dans leur lit tous les autres bruits qu'il entend sous son crâne, les sanglots des enfants le jour, ceux de leurs parents la nuit, le vent dans les bâches des tentes, la pluie, la grêle, et les cris par lesquels s'expriment là-bas toutes sortes de douleurs physiques. Déborah l'observe et rit de le voir faire le pitre de si bonne heure. Elle ne pensait pas qu'il rentrerait si tôt. Il était censé passer tout le dimanche à Calais, mais la perspective d'une journée entière avec elle au lit, sans enfants, lui aura fait prendre le premier train pour Paris. Lorsque Pierre est entré dans leur chambre, Déborah dormait encore. Il a déposé le sachet de croissants au beurre sur la table de nuit, s'est déshabillé dans le noir, sans bruit, puis il s'est glissé dans le lit et s'est collé contre elle, son corps ensommeillé lui faisant l'effet d'une récompense. Pierre ne peut pas rapporter à Déborah tout ce qu'il voit là-bas. Toute cette tristesse, cette désolation, cette misère, et cette honte aussi dans le regard des pères. Il n'aurait pas les mots, alors il préfère plaisanter sur les cuisses de grenouilles et les escargots et, pour le temps qu'il est ici, tenter d'oublier Calais.

Il a pris sa main dans la sienne. Il la porte maintenant à son visage et, tout doucement, il se met à baiser sa paume en lui disant « Viens, viens là, viens sur moi, mon amour, j'ai tellement besoin que tu me fasses l'amour ». Oui, Pierre utilise le mot *besoin*, pas *envie*, et face à cette nécessité qui résonne comme une réparation à tout ce que la misère humaine a pu abîmer en lui, Déborah comprend que ce matin-là, dans leur lit, il n'y aura de place pour aucune forme de violence, fût-elle celle d'un enfant. Elle ne lui parlera donc pas de Salomon, ce qu'elle avait pourtant décidé de faire en se couchant la veille au soir. Parce qu'il faut qu'elle comprenne, qu'elle perce le mystère. Quel couple, quels parents ont-ils été pour qu'il devienne cet enfant-là ? Pierre ne veut jamais rien dire à propos de la mère de Salomon. C'est d'ailleurs toujours ainsi qu'il l'appelle, et qu'il l'a même inscrite dans le répertoire de son iPhone, MdeS, pour « mère de Salomon ». On dirait que pour lui cette femme n'a pas de prénom, ni d'autre fonction dans l'existence que de lui avoir fait cet enfant. Mais comment l'a-t-il rencontrée ? Dans quel quartier ont-ils vécu ? Au bout de combien de temps est-elle tombée enceinte ? Déborah s'interroge alors que Pierre l'invite à venir sur lui, et quand il introduit lentement sa queue en elle, le plaisir dissout instantanément toutes ses craintes. Elle lui dit qu'elle pourrait jouir comme ça, sans bouger, que jamais un corps ne lui a plu autant que le sien. Un téléphone sonne. Ils font semblant de ne pas l'entendre, surtout elle qui va et vient, mais à peine la sonnerie s'arrête-t-elle qu'elle reprend aussitôt, deux fois de suite, avant la petite explosion d'une rafale de textos. Ils comprennent tous les deux qu'il s'agit de MdeS. Qui, sinon elle, s'acharnerait à ce point sur le portable de Pierre un dimanche à 8 heures du matin ? Et pour en avoir fait les frais depuis dix ans, lui sait aussi que dans ces moments plus rien ne l'arrête, qu'à compter de maintenant il pourra recevoir une longue diarrhée verbale séquencée en autant de messages que son amertume le réclamera, et tout en gardant Déborah sur lui, il l'entraîne vers l'extrémité du lit afin de pouvoir tendre le bras, atteindre son jean, trouver la bonne poche, attraper son portable qui est dedans et vite, vite, l'éteindre avant de débander.

– Et si c'était Salomon ? demande subitement Déborah.

Pierre n'y avait pas pensé.

– Tu crois ? dit-il.

Elle n'en a aucune idée, mais si Driss insistait comme ça, elle sait que ce serait forcément grave.

Elle se retire, vient s'allonger à ses côtés.

– Allez vas-y, rallume, lui dit-elle.

Dans l'obscurité, la lumière bleutée de son écran aimante son regard, mais Déborah refuse cette bassesse qui consisterait à lorgner dessus pour lire à l'insu de Pierre des textos qui ne lui sont pas destinés. Elle ne lui demandera pas non plus ce que son ex-femme a écrit. Non pas qu'elle ne veuille pas savoir – elle en crève, elle est humaine – mais par chance son orgueil a toujours été plus grand que sa curiosité.

Tandis qu'elle fixe le plafond, Pierre, lui, remonte rapidement le fil d'un déjà trop long monologue sur l'écran tactile de son iPhone, et plusieurs fois il répète en riant que MdeS est folle, qu'il avait oublié à quel point elle l'était, puis il se réjouit que tout aille bien pour son fils, éteint son portable et, cette fois, monte sur Déborah. Celle-ci se souvient alors de ce que Salomon lui a dit le vendredi matin, avant de partir à l'école. Ils étaient dans la cuisine, elle en robe T-shirt, lui avec son énorme cartable sur le dos en train de terminer son chocolat, ce n'était pas vraiment le moment d'avoir une discussion, mais comme s'il lui avait fallu à tout prix se débarrasser de ce poids, de but en blanc, il lui a lancé :

– Tu sais, ma mère, elle se fiche complètement de toi ! Elle en a rien à faire que tu sois plus jeune qu'elle, que tu fasses des documentaires qui passent à la télévision ou que mon père t'ait offert une bague alors qu'elle n'en a jamais reçu de lui. Rien à siphonner. Ce qui compte, vois-tu, pour ma mère, c'est que tu sois gentille avec moi, Déborah. Ouais, que tu sois gentille, *très gentille avec moi…*

Pierre jouit en Déborah, et les mots de Salomon continuent de bourdonner à ses oreilles.

En présence de son père, Salomon est un tout autre enfant. Cela ne signifie pas qu'il soit plus simple à gérer ou moins particulier qu'il peut l'être avec Léo et Déborah, mais le problème se renverse, c'est-à-dire que du « tout absent » il passe au « tout présent », comme si occuper l'espace et l'attention de Pierre devenait pour lui une question de survie. Et ce qui est frappant, c'est que la métamorphose est immédiate, elle s'opère à la seconde où Pierre passe la porte de la rue de Belzunce. Salomon l'entend toujours arriver. Il surgit dans l'entrée à la manière d'un boulet de canon, se jette sur lui et le fête comme s'il ne l'avait pas vu depuis plusieurs semaines.

– On dirait le labrador de papy, a dit Léo d'un air effaré l'autre jour à sa mère.

Déborah s'en est offusquée pour la forme – « vraiment, ce n'est pas très gentil de dire une chose pareille » – mais en réalité elle était d'accord avec son fils : Pierre arrive et c'est exactement ce qui se passe, Salomon se transforme en ce gros chien pourvu d'un métronome en guise de queue, allant de pièce en pièce derrière son maître. L'image est même si juste qu'elle ne peut plus s'en départir.

Pierre, lui, est gêné. Il s'accommodait sans doute de cette effusion tant qu'il vivait seul, mais maintenant que Léo et Déborah en sont les spectateurs, il voit bien qu'il y a un problème, qu'un enfant de sixième n'a pas vocation à s'accrocher tous les soirs, comme ça, aux jambes de son père en répétant d'une voix minuscule *papa, papa, oh mon papa que j'aime !*, mais il ne peut pas non plus repousser son fils, ce serait cruel, et le voilà donc qui en fait des tonnes, qui prend l'enfant sous les aisselles et le soulève de terre, le fait tourner, le chatouille, l'embrasse comme s'il avait quatre ans, priant pour que ce soit lui que Léo et Déborah trouvent bizarre, oui, lui, et non pas son enfant.

Il n'a pas enlevé son manteau que déjà Salomon lui récite sa leçon de géographie, la poésie qu'il doit savoir par cœur pour le lendemain, la dernière combinaison que son professeur d'échecs lui a appris. Quand il sait son père en cours de procès, il l'interroge sur les auditions du jour, le profil des deux parties qui s'affrontent. Il demande si le juge est un homme ou une femme, et si la femme, dans le couple qui se déchire, a plus de chances d'obtenir la garde des enfants. Il veut savoir si les enfants ont été entendus. Pour lui, c'est une question capitale, et il ne supporte pas qu'ils ne le soient pas. Si c'est le cas, il rompt brutalement la conversation, part s'enfermer dans sa chambre ou bien explose en sanglots. Il ne peut pas ne pas s'imaginer à la place de ces enfants-là. Il dit toujours : « Moi, à leur place, je demanderais à être envoyé en pension. Je n'arriverais pas à choisir entre toi et maman. »

À Calais, ce sont eux aussi, les enfants, qui le préoccupent. Il veut savoir s'ils vont à l'école, s'ils font du sport, à quels jeux ils s'amusent. Régulièrement, il donne certains des siens à son père pour qu'il leur en fasse cadeau – des petites voitures, des porte-clefs, des figurines Kinder. Il les aligne sur le rebord de la baignoire tandis que Pierre s'y baigne et, passant et repassant devant la porte close de la salle de bains, Déborah se demande ce que le père et le fils peuvent bien se raconter depuis près d'une heure qu'elle n'a pas le droit d'entendre ! Est-elle jalouse ? Oui, évidemment. Jalouse et en colère, parce que ce n'est pas de complicité qu'il s'agit entre ces deux-là, c'est une prise d'otage. C'est une emprise totale du fils sur le père qui dit à sa nouvelle compagne et à l'enfant de celle-ci : *Vous n'aurez pas cet homme, c'est à moi qu'il appartient.*

Les soirs où ils dînent ensemble, généralement le week-end, Salomon le lui dispute encore. Et de la manière la plus vulgaire qui soit, comme un affamé disputerait une cuisse de poulet ou une part de gâteau. Il veut tout, son regard, son oreille, son inconscient, et pour cela il lui demande n'importe quoi, quels sont les derniers chiffres du chômage, combien la France dépense d'hydrocarbures par an, en quelle année Henri IV est mort, et Philippe Le Bel, et Louis XI, et Staline, et Mao, et Hitler, et si Pierre lui ordonne de s'arrêter, très bien, pas de problème, il a d'autres sujets en réserve, que devient-on quand on meurt ? Combien de temps peut-on tenir sur la Lune sans oxygène ? Qu'est-ce qui fait marcher la Bourse ? Qu'entend-on par récession ? Peut-on considérer qu'après Hollande le PS d'Épinay est mort ? Et au fait, est-ce qu'une femme en burkini est autorisée à se baigner sur une plage de naturistes ? Non mais *sérieusement*, est-ce que, en l'état actuel du droit, elle y est autorisée ?

À la longue, Déborah et Léo ont compris le manège et, de la sidération des premières semaines, ils sont passés à l'indifférence. Ils ne se fatiguent plus à tenter d'arrêter Salomon dans sa logorrhée, ni même à signifier à Pierre qu'il serait peut-être temps d'user de son autorité pour rendre son fils fréquentable. Maintenant, en fait, ils s'en foutent. Ces repas à quatre ne sont pas si fréquents, après tout, et quand ils ont lieu, un samedi soir ou un dimanche midi tous les quinze jours, eh bien Déborah et Léo font comme dans les brasseries bruyantes, ils se concentrent sur leur propre conversation.

Léo a compris depuis longtemps que l'étrangeté de Salomon n'était pas son problème. C'est la géniale madame Marsak qui le lui a expliqué quelques jours après qu'il avait fait la connaissance du fils de Pierre. Il était vraiment mal alors, le premier déjeuner rue Saint-Sauveur venait d'avoir lieu et ce gosse les avait menacés sa mère et lui avec un couteau de cuisine, *ouais, avec un couteau de boucher le grand malade !*, et même si son père l'avait tout de suite arrêté, il l'avait fait, il avait pris et brandi cette arme blanche, on aurait dit Chucky, une horreur totale, or Léo n'était pas débile, si sa mère avait décidé de faire les présentations cela signifiait qu'il ne s'agissait pas d'une petite histoire sans importance, cela signifiait qu'elle avait envie d'aller plus loin, qu'elle y croyait, peut-être même qu'elle aimait déjà ce Pierre, qui le savait, et si elle l'aimait, ils allaient donc se revoir, allaient-ils se revoir, madame Marsak ?

– Oui, Léo, bien sûr qu'ils vont se revoir, avait répondu la pédopsychiatre. Et toi et cet enfant aussi. Et peut-être même que cet été vous partirez tous ensemble en vacances et que vous partagerez la même chambre.

– Mais non... Vous rigolez !

Léo était devenu blême. Il avait demandé à aller voir une psy pour vider son sac, c'était la première fois de sa vie qu'il se prêtait à ce difficile exercice, et au lieu de le ménager, d'avoir un tout petit peu de pitié pour lui, voilà que cette femme lui prédisait l'enfer – *C'était madame Irma, ou quoi ?!*

Enfoncé dans une bergère élimée où d'autres patients avant lui avaient découvert bien trop jeunes la philosophie d'Épictète selon laquelle il est un nombre incalculable de choses dans la vie contre lesquelles on ne peut rien, Léo avait cessé d'écouter et, à la place, il s'était vu coincé avec ce taré de Salomon pendant quinze jours dans une chambre d'hôtel au Portugal, ou pire, sur une île grecque minuscule à huit heures de bateau de la terre ferme, *le cauchemar absolu.* Il l'avait alors imaginé sur son lit à côté du sien en train de lire toute la journée avec sa loupe de philatéliste, sa tignasse noire et bouclée qu'un chapeau immonde aurait fait dégouliner de sueur, son slip de piscine, oui, c'était bien le genre à porter des slips plutôt que des maillots comme tout le monde, il n'avait pas oublié non plus le cartable qu'il porterait à même la peau puisqu'il ne voulait jamais l'enlever, lui avait avoué sa mère, était-ce normal, ça, un type qui ne voulait pas enlever son cartable ? Un sac à dos Eastpak, à la limite, Léo aurait pu comprendre, mais un cartable... Quel ringard ! Pourquoi sa mère était-elle tombée amoureuse de ce Pierre ? Ils vivaient dans une grande ville où des milliers d'hommes auraient aimé avoir une histoire avec elle, mais non, il avait fallu qu'elle le choisisse lui, *juste lui*, le père de ce taré-là.

– POURQUOI ? avait demandé Léo à madame Marsak. Dites-moi pourquoi ma mère est tombée amoureuse d'un homme qui a un fils pareil.

– Tu te trompes de question, mon garçon, lui avait répondu la psy. D'ailleurs, à mon avis, il n'y a aucune question à se poser, il n'y a qu'une chose à se dire : *Ça n'est pas mon problème.*

– Ben quand même un peu, s'il part avec nous en vacances...

– Mais non ! Si tu décides que non, Léo, ça ne sera pas un problème. *Ça n'est pas mon problème.* Répète après moi.

– Ça n'est pas mon problème.

– Plus fort : *Ça n'est pas mon problème !*

– ÇA N'EST PAS MON PROBLÈME !

– Voilà, super, ça n'est pas ton problème ! Eh bien, à partir de maintenant, c'est ce qu'il faut que tu te dises chaque fois que tu verras ce Salomon débloquer. Ça demande un petit effort au début, mais tu verras, ensuite, ça marche très bien. Je compte sur toi, hein ? *Ça n'est pas mon problème.*

Madame Marsak avait fait entrer Déborah à qui elle avait dit cette phrase inquiétante : « Votre fils va très bien, il vous demande simplement de le protéger », puis elle les avait congédiés et ils étaient rentrés chez eux. Que voulait dire ce mot, *protéger* ? Protéger de quoi ? De qui ? Dans le bus, du retour, Déborah avait tenté de savoir comment s'était déroulée la séance. « Bien, ça va, normal », s'était-il contenté de répondre, et Déborah avait pensé que cette bonne femme était incompétente et que le rendez-vous n'avait servi à rien, mais Léo, lui, n'avait jamais oublié le conseil de cette drôle de madame Marsak, et depuis qu'il devait vivre avec Salomon une semaine sur deux rue de Belzunce, la phrase magique qu'il s'était tant et tant de fois répétée avait fini par porter ses fruits – ce que le fils de Pierre faisait, disait, provoquait ou refusait n'était plus du tout son problème.

En réalité, il n'y avait que le jeudi soir que la formule demeurait sans effet. Parce que ce soir-là, le rabbin Myriam Barnazy venait rue de Belzunce faire réviser à Léo la paracha de sa bar-mitsvah et que, pour faire son intéressant, Salomon n'avait rien trouvé de mieux, à chaque cours, que de s'installer dans l'entrée avec ses Kapla et d'y construire des églises. Oui, de belles et grandes églises avec des clochers plus hauts que lui, ça l'amusait beaucoup, « car vous comprenez, disait-il à Myriam Barnazy au moment où elle arrivait et au moment où elle repartait, moi, même si je m'appelle Salomon et que je suis circoncis, eh bien je ne suis pas juif, puisque ma mère ne l'est pas, c'est même elle qui me l'a dit ». Il lui arrivait aussi de se mettre à chanter à tue-tête les chants de Noël allemands qu'il avait appris à la chorale de son école tandis que, dans le séjour, Myriam et Léo chantaient en hébreu. Lorsque Salomon faisait cela, évidemment, Pierre et Déborah n'étaient jamais là. Personne ne pouvait donc rien lui dire, sinon Myriam qui finissait par s'interrompre car elle ne s'entendait même plus chanter. Elle venait alors dans l'entrée lui demander gentiment, comme un service, s'il voulait bien faire un tout petit peu moins de bruit, *la honte absolue.* Oui, la honte, c'est le premier mot qui vient à l'esprit de Léo lorsqu'il pense à Salomon, le sentiment dont il n'arrive pas à se départir. Et chaque jeudi, dès que Myriam met le pied rue de Belzunce, il l'éprouve un peu plus violemment. Le syndrome se manifeste au niveau du ventre, comme une décharge qui lui enverrait dans le sang une dose de rage et de colère dont il ne se savait pas capable. Il pourrait dire des horreurs alors, toutes les insultes qui lui passent par la tête. Il pourrait aussi frapper. Il suffirait que Myriam ne soit pas là ou que la rage lui fasse oublier un instant la conséquence de ses actes, et *pam*, il le sait, le coup partirait. Il l'a dit l'autre jour à Salomon : « Arrête ou je vais te frapper. » Et ça ne serait pas pour lui faire du mal. Ce serait pour arrêter la honte.

Parfois, quand ils sont tous les quatre dans la rue et que le fils de Pierre ne peut s'empêcher d'effectuer de grands pas chassés, les bras tendus à l'horizontale comme s'il avait des ailes en imitant, trente fois de suite, le cri insupportable du vautour, la honte est si grande que Léo voudrait se terrer sous l'asphalte, ou partir en courant pour que jamais quiconque n'imagine, même un passant, même un touriste, même le clochard devant le Franprix, qu'il pourrait y avoir entre eux le moindre lien. Dimanche dernier, à la campagne, un garçon de quinze ans les a pourtant pris pour des frères. C'était chez des amis de Pierre. Léo ne connaissait personne. Ils ont déjeuné tous ensemble, les adultes et les enfants à une grande table, puis les adultes ont voulu être tranquilles pour prendre le café près du feu et ils ont demandé aux enfants d'aller s'amuser à l'étage, dans une salle de jeux sous les combles. Ils étaient une dizaine. Les plus jeunes ont décidé de jouer au Monopoly tandis que les trois ados se sont affalés sur un canapé. Léo en faisait partie, les deux autres qui l'encadraient étaient des cousins. La fille, très jolie, s'appelait Lune, elle était en troisième à Carnot, et le garçon en seconde à Bossuet. Il n'avait pas donné son prénom. Il allait le faire quand il a constaté que Salomon, à quelques mètres devant eux, portait un cartable, ce qu'il n'avait visiblement pas encore remarqué, et il s'est mis à le pointer du doigt et à se moquer de lui violemment, en répétant à Léo, hilare :

– Non mais putain, c'est quoi ce bouffon de frère que t'as, mec ?! Un cartable un dimanche à la campagne, *sérieusement* ? Moi, j'te jure, un frère comme ace, j'fais un procès direct à ma reum !

La fille riait, elle aussi. Salomon s'en est rendu compte et les plus jeunes enfants qui l'entouraient ont commencé à se moquer à leur tour, à pointer sur lui leur index. Salomon est devenu un insecte dans la toile d'une araignée. Il était piégé, il n'avait nulle part où aller. Léo l'a vu changer de tête. En une seconde, son visage s'est teinté de cette fureur qu'il avait exprimée le premier jour rue de Belzunce, où depuis l'entrée il avait sommé son père, Déborah et Léo d'arrêter de s'amuser au motif qu'il y avait encore plein de cartons à déballer, et Léo a vu arriver le moment où il allait devenir littéralement fou, se taper la tête au sang contre le mur comme il l'avait fait un dimanche soir dans sa chambre, ou bien tout flanquer par terre, ça lui était arrivé un autre jour parce qu'il ne trouvait pas sa tenue de sport pour l'école, et il y avait cette petite fille de trois, quatre ans à côté de lui, toute mignonne, toute fragile, qui pouvait dire si, de rage, il n'allait pas lui balancer son cartable à la figure ? Léo a pris peur pour cette petite. Il s'est mis à paniquer, il a dit au garçon à ses côtés de fermer sa grande gueule, puis il s'est levé du canapé, est venu prendre Salomon par l'épaule et l'a éloigné du groupe.

Un long moment, ils sont restés à l'écart, assis tous les deux contre un mur, sous un Velux qui donnait sur le jardin. Léo ne sait plus exactement ce qu'il a dit à Salomon mais il se souvient qu'il avait en tête de ne pas s'arrêter, de parler et de parler encore pour accaparer son attention, comme si d'instinct il avait compris que ses mots pouvaient l'apaiser et que c'était cela, au fond, que Salomon réclamait depuis le début, *un tout petit peu d'apaisement*. Le fils de Pierre a fini par prendre un livre dans son cartable, *L'Ami retrouvé*, de Fred Uhlman. Léo l'a regardé lire un instant puis il est retourné s'asseoir sur le canapé à côté de Lune. Il se foutait du cousin, mais à Lune il voulait dire qu'elle avait mal compris, que Salomon n'était pas du tout son frère, même pas son demi, qu'il était juste le fils du mec de sa mère et que lui était enfant unique.

– Ah, désolée, a dit l'adolescente, j'pouvais pas savoir. En même temps, vous vous ressemblez pas trop.

Cette phrase a fait rougir Léo, elle était mieux qu'une déclaration. Après un silence indéterminé, ils se sont montré des trucs sur Insta, Snapchat, YouTube, ils ont commencé à rigoler et le cousin qui s'ennuyait est redescendu voir les grands. Léo était aux anges. Il sentait la jambe de Lune contre sa jambe et le bras de Lune contre son bras, il respirait le parfum de grenade qui se dégageait de ses longs cheveux châtains, il aurait voulu lui demander le nom de son shampoing pour en acheter le soir même et s'en faire des shots sous sa douche. De temps en temps, il jetait un coup d'œil en direction de Salomon pour vérifier que tout allait bien, qu'il lisait toujours, et, rassuré, il revenait à l'écran de Lune qui lui montrait maintenant des photos d'elle à La Baule, au ski, dans la cour de son collège. Il a osé lui demander si elle sortait avec un des garçons sur l'image. Elle a répondu non et penché légèrement la tête au point de toucher la sienne. Ensuite elle ne l'a plus retirée. Léo avait la sensation de flotter. Son cœur battait plus vite et sa gorge était sèche, ses jambes endolories. Il se demandait comment faire pour l'embrasser. Il savait qu'elle en avait envie autant que lui mais il craignait que les enfants les surprennent et, pour leur échapper, il a proposé à Lune d'aller faire un tour dehors. La maison était entourée d'une grande forêt, ils seraient tranquilles au milieu des arbres. Lune a hésité, il a eu l'impression que sa vie dépendait de son oui, puis il l'a entendue dire « OK, si tu veux, allons-y », et c'est à ce moment-là que Salomon a poussé un hurlement d'un autre monde.

– Qu'est-ce que t'as ? Qu'est-ce qu'y a ? Qu'est-ce qui se passe ? a hurlé Léo à son tour en le secouant de toutes ses forces.

Salomon était hébété. Il avait l'air de revenir d'une autre planète et, dans un filet de voix à peine audible, il a fini par lâcher :

– C'est à cause des parents de Hans. Ils se sont suicidés tous les deux. Tu te rends compte, *tous les deux*…

Et sous l'effet de cette annonce, il s'est remis à sangloter.

Léo savait très bien qui était Hans, mais parce qu'il ne voulait pas y croire, il lui a demandé :

– Et qui est Hans ?

– Le héros de mon livre.

Le héros de mon livre. La phrase est entrée dans le cerveau de Léo avec la précision d'une balle de plomb, elle a résonné à l'intérieur, ping-pongué d'une paroi l'autre, et pour lui c'était tellement énorme d'entendre une chose pareille qu'il a lâché Salomon, s'en est écarté de quelques pas, puis, de cette voix pleine de dégoût dont seuls les adolescents ont le secret, il n'a trouvé qu'une chose à lui dire :

– Espèce de pauv' taré, va…

Quelques secondes plus tard, alertés par les cris, Pierre, Déborah et la maîtresse de maison avaient gagné l'étage.

– Qu'est-ce qui s'est passé ? a demandé Déborah.

Les garçons se sont regardés. Ils semblaient négocier en silence la place de celui qui parlerait le premier. Salomon avait honte, il ne voulait pas y aller, quant à Léo, il savait qu'à la seconde où il expliquerait que Salomon avait piqué une crise de nerfs parce que les parents du héros de son livre s'étaient suicidés, ce malade mental se remettrait à gueuler et il voulait tout sauf l'entendre gueuler.

– Salomon, je t'écoute, a fini par ordonner Pierre. Qu'est-ce qui s'est passé ?

– Il m'a traité de taré, a répondu l'enfant.

– Qui ? a demandé Déborah. Léo ?

Salomon a acquiescé d'un mouvement de tête.

Déborah s'est tournée vers son fils :

– C'est vrai ? Tu l'as traité de taré ?

– Oui, c'est vrai ! a crié Salomon. Je dis la vérité. Je suis pas un menteur. Il m'a traité de taré !

La gifle est partie aussitôt. Léo allait avoir treize ans. C'était la première fois de sa vie que Déborah le touchait au visage, et la stupeur fut plus grande encore pour elle que pour lui. Mais elle a conservé son sang-froid :

– Excuse-toi tout de suite auprès de Salomon, lui a-t-elle intimé. Il est hors de question que tu parles comme ça à qui que ce soit.

Le lendemain de ce dimanche à la campagne débute une semaine B et Léo part vivre chez son père. Driss a pris soin de remplir son réfrigérateur. C'est un détail auquel il attache beaucoup d'importance depuis qu'il n'est plus avec Déborah, comme s'il redoutait que son fils ait chez lui le sentiment d'une vie décousue ou, pire, qu'il puisse éprouver plus tard une quelconque peine à son égard en raison de ce détail, se dire un jour, *Le pauvre, mon père vivait seul et quand j'allais chez lui, il n'y avait jamais rien dans le frigo*. Non, chez lui, le frigo est toujours plein, mais ça ne l'empêche pas de faire dîner Léo au comptoir de son restaurant avant le premier service comme s'il n'avait pas fait les courses. Il est heureux de retrouver son fils. Il ne s'est pas habitué au rythme de garde alternée, à l'idée qu'il devait *partager* son enfant, et le voir revenir est plus qu'une fête, un soulagement. Entre deux réservations, il lui demande comment s'est passée sa semaine. Léo essaie de faire bonne figure. Il dit : « Bien, très bien », mais le cœur n'y est pas et son père le démasque. Il finit par tout lui raconter et, le lendemain à la première heure, Déborah reçoit un coup de fil de son ex-mari :

– On peut se voir ?

– Oui, dit-elle, bien sûr.

Elle ne réclame pas de précision. Elle sait que c'est à cause de la gifle.

Lorsqu'elle arrive le mercredi matin rue des Vinaigriers, un peu avant 10 heures, Driss est dehors en dépit du froid, en bras de chemise, en train de lessiver sa façade. Déborah ne comprend pas tout de suite que celle-ci a été vandalisée durant la nuit, et c'est seulement en s'approchant qu'elle distingue sous les coups d'éponge les restes d'une croix gammée tracée à la bombe rouge, ainsi que les trois dernières lettres du mot *islam*. Sous l'effet de l'effroi, elle doit dire quelque chose, émettre un son quelconque, en tout cas Driss l'entend, se retourne et, comme si sa désolation était la dernière chose dont il avait besoin, avant même de lui dire bonjour, il lui ordonne d'entrer et de s'installer.

À l'intérieur, la salle est vide et silencieuse, les néons du faux plafond tous éteints. Déborah n'ose pas les allumer. Elle va s'asseoir à une table près du bar, celle où elle avait l'habitude de dîner avec Léo quand elle avait la flemme de cuisiner, mais aujourd'hui elle s'y installe du bout des fesses et sans enlever son manteau, comme une serveuse qui viendrait passer un entretien d'embauche. C'est pourtant elle qui a tout trouvé ici, les luminaires, les chaises, les tables… Les tables, c'était un week-end aux Arnavaux, à Marseille, elle les avait débusquées « au cul du camion », comme disent les brocanteurs. Le marchand venait de vider un hôtel, il vendait le lot entier. Déborah avait adoré ce mobilier et maintenant elle le regarde, elle ne peut même pas dire qu'elle en est nostalgique. La rapidité avec laquelle on devient étranger à ses propres objets, à sa vie quand elle a changé de chapitre est une des choses qu'elle n'avait pas imaginées en se séparant.

Driss la rejoint, passe derrière le bar pour se laver les mains de toute cette crasse, prépare deux cafés et vient s'asseoir devant elle.

– Bon, alors, c'est quoi le problème de ce môme ? dit-il d'entrée de jeu.

Déborah est prise de court.

– De quel môme parles-tu ? rétorque-t-elle bêtement.

– Je t'en prie, pas de cinéma. Je te parle du fils de ton copain. Léo est obsédé par ce môme. Il n'a plus que son prénom à la bouche. Il dit qu'il lui fout les jetons, qu'il est complètement malade, donc je te demande, sans détour, quel est le problème de ce môme.

Déborah cherche un instant le mot qui définirait le plus précisément Salomon, mais très vite elle se rend compte qu'elle en est incapable, que tous ceux qui lui viennent à l'esprit sont flous, impropres, et elle concède son ignorance :

– Je n'en sais rien.

– Comment ça, tu n'en sais rien ? Tu sais quand même s'il est malade ou juste insupportable, non ?

– Non. Je ne sais pas. Il est bizarre, c'est vrai, mais de là à dire que son attitude relève d'une pathologie…

– Ça veut dire quoi, bizarre ?

Déborah a un mouvement de recul. Elle se sent agressée, elle n'aime pas cet interrogatoire. Et cet enfant n'est pas le sien, elle n'a pas à en répondre.

– Cet enfant n'est pas le mien, s'énerve-t-elle, comment tu veux que je sache ?! La seule chose que je peux te dire, c'est qu'il n'est pas comme Léo, c'est tout. Ni comme les autres. Il n'est comme aucun autre.

– C'est-à-dire ? Donne-moi des exemples.

– Je ne sais pas moi… Disons qu'il change d'humeur sans arrêt. Il peut être tranquillement en train de rire avec son père et trois minutes plus tard, s'il entend à la télé qu'un tremblement de terre au Bangladesh a fait deux cents morts, il peut se mettre à hurler comme si sa mère était passée sous un camion. C'est très impressionnant, et le problème, c'est qu'il fait la même chose pour une sauterelle ou un escargot. L'autre jour, il a trouvé un escargot écrasé au square, tu ne peux pas imaginer le drame qu'il nous a fait, il n'arrêtait pas de pleurer, il était incapable de gérer son émotion. Qu'est-ce que je peux te dire d'autre… Il n'a pas de filtre lorsqu'il s'adresse aux gens, il dit tout ce qu'il pense, à moi, il me dit des horreurs, *C'est vrai que t'es un peu grosse, ma mère a raison/Je déteste l'odeur de ton parfum/Ah, tu fumes ? C'est dommage, tu vas mourir comme tout le monde, mais toi, en plus, tu souffriras/J'espère que vous n'aurez jamais d'enfant avec mon père, il pourrait ressembler à ton fils/Laisse tomber les frites, les pâtes, la purée, rien de ce que tu fais ne sera jamais à mon goût.* Il n'a aucune retenue, aucun sens de rien, surtout pas du ridicule et absolument aucune pudeur dans ses sentiments. Il peut se jeter sur un inconnu pour l'embrasser et a contrario traiter son père de connard, il a des phobies qui le tétanisent, il ne veut pas lâcher son cartable même les jours où il ne va pas à l'école, il ne supporte pas la frustration, il n'a pas d'amis, il passe son temps à lire et il prétend qu'il aurait préféré ne pas exister – voilà, concrètement, ce que veut dire *bizarre.* Maintenant, est-ce que cela fait de lui un autiste ou un schizophrène ? Je n'en sais rien, Driss... Je n'en sais foutre rien... Tout ce que je peux te dire, c'est que c'est un enfer à vivre.

Et prononçant le mot *enfer*, Déborah fond en larmes. Ça la cueille d'un coup, sans prévenir. Driss en a la voix coupée. Il ne s'attendait pas à cet écroulement. Pour lui, Déborah est un bulldozer, la femme qui, en l'espace de six mois, a été capable de le quitter après quinze ans de vie commune objectivement idyllique, de rencontrer un autre homme et de s'installer avec ce dernier et leurs deux fils. Une femme pareille ne pleure pas à cause d'un enfant.

– Excuse-moi, murmure-t-elle. Je vais y aller.

Elle se lève. Elle ne veut pas s'épancher davantage. Elle sait qu'il y a quelque chose de trop obscène à faire constater à Driss que, en dépit du fait qu'elle a brisé leur famille, elle est infoutue d'être heureuse, mais il attrape son bras et la retient. Leurs regards se fixent un instant. Driss est la dernière personne à qui Déborah peut décemment demander du soutien, parce que c'est lui le malheureux dans l'histoire, pas elle, mais la bienveillance avec laquelle il la regarde transpire un amour qu'elle n'a sans doute jamais reçu de personne, et ce regard lui dit *Déborah, tu sais bien qu'on s'aime et qu'on s'aimera toute notre vie, plus comme avant, d'accord, plus comme un couple, mais pourquoi la fin de notre couple devrait-elle signer la fin de tout le reste ? Ni toi ni moi ne voulons la mort de ce qui reste, n'est-ce pas ? Alors reste. Et raconte-moi.*

Elle se rassied.

Le silence se prolonge une minute ou deux. Driss ne la lâche pas du regard. Il craint qu'elle ne se relève, il a envie de savoir, à présent.

– Et tu as parlé de tout cela avec son père ? finit-il par demander.

– Avec Pierre ?

– Oui.

– Non, tu es fou !

– Pourquoi donc ?

– C'est tellement délicat… Comment veux-tu expliquer à l'autre que son enfant pose problème ? On ne peut pas parler de l'enfant de l'autre dans une famille recomposée. On ne peut rien en dire. L'argent, le sexe, d'accord, mais l'enfant de l'autre, c'est le tabou absolu.

– Mais lui, Pierre ? Il doit bien se rendre compte que quelque chose ne va pas, non ? Et la mère aussi. Elle dit quoi, la mère, dans tout ça ?

– Oh, ne me parle pas de la mère, pitié ! Elle est complètement cinglée. Tu verrais les textos qu'elle envoie. Les insultes, les menaces, la haine qu'elle a… Tu serais sidéré.

– Tu l'as déjà rencontrée ?
– Que Dieu m'en préserve !

Cette expression improbable tout droit sortie de la bouche de sa grand-mère leur déclenche un fou rire dont ils mettent plusieurs minutes à se débarrasser. Driss se calme le premier, sèche ses larmes. Puis, comme si le simple fait d'avoir ri ensemble avait brisé toutes les digues, il lui pose ces questions incongrues :

– Mais tu l'aimes, ce type ? T'es heureuse ? T'aimes ta vie avec lui ?

Déborah devrait répondre tout de suite. Elle n'y arrive pas, trop de culpabilité, et le malaise auquel ils avaient jusque-là échappé leur tombe dessus.

Driss se reprend :

– Pardon, excuse-moi. Ça ne me regarde pas.

Après cela, ils ne savent plus trop quoi se dire. Bêtement, ils consultent l'un et l'autre leur portable, ne trouvent aucun texto pour leur dicter leur conduite, et le silence s'alourdit jusqu'à l'arrivée d'un client qui demande à Driss deux cafés. C'est un garçon d'une trentaine d'années, avec des cheveux magnifiques, très fournis. Il porte des Stan Smith impeccables qui font comme deux taches de lumière à ses pieds, un blouson de cuir noir, un casque de moto à son bras droit. Déborah lui sourit. Elle pourrait même se lever et l'embrasser pour le remercier de cette diversion qu'il leur apporte.

Driss repasse derrière le bar et fait les deux cafés tandis qu'elle suit ce garçon du regard. Il est accompagné d'une jeune femme qui s'est installée en terrasse. Elle est en train d'attacher ses cheveux en chignon, elle a coincé sa cigarette entre ses lèvres, et ses mains, tels deux jolis papillons, virevoltent au sommet de son crâne. Le garçon s'assied à sa gauche, dos à la vitrine. Ils se collent l'un à l'autre. À cause du froid et parce qu'ils s'aiment, imagine Déborah. Driss leur apporte les cafés, allume le chauffage au-dessus de leur tête, ressort du cadre. Les jeunes gens sont maintenant deux silhouettes noires dans le contre-jour, deux masses dont on ne distingue aucun détail au point qu'on les croirait peintes à l'huile ébène, mais curieusement ils évoquent à Déborah ces petits oiseaux aux couleurs flamboyantes qu'on appelle les inséparables, peut-être parce qu'il se dégage d'eux la même fragilité que leur alliance dément, une vulnérabilité que le fait d'être soudés si fortement contredit aussitôt, et elle ne peut s'empêcher de penser que ce sont des gens comme ça, des gens beaux comme ces gens-là qui sont tombés deux mois plus tôt sous les balles. Elle pourrait les regarder pendant des heures.

Driss est revenu s'asseoir devant elle. Happée par l'image de ce couple, elle ne s'en est pas rendu compte. Sa voix la tire de ses rêveries.

– Je vais vendre, lui annonce-t-il.

– Vendre quoi ?

– Le restaurant. Je voulais que tu le saches.

Comme un corps remonterait du fond d'un lac, la croix gammée de la façade surgit à la surface de sa mémoire, et Déborah vacille.

– Tu devrais porter plainte, lui dit-elle. Même si ça n'aboutit à rien, fais-le pour le principe. Ne laisse pas passer ça.

– Passer quoi ?

– Les insultes, dehors…

– Ah, les tags ? Mais y en a tout le temps depuis novembre… Tous les deux, trois jours. C'est mon petit cadeau personnel.

– Tu plaisantes ?

– T'inquiète pas, ça part très bien à la Javel.

– Driss, arrête. Faut que tu portes plainte. Que ces gens soient retrouvés et punis pour ce qu'ils font. Ce n'est pas à toi de partir.

– Sérieusement ?

– Quoi ?

– Tu as pensé une seconde que c'était un *sale bougnoule* sur un mur qui avait pu me donner envie de vendre ? Je te rappelle que j'ai grandi avec ça. D'ailleurs, pardon, maintenant ils ne disent plus *bougnoule*, ils disent *fils de pute de musulman*. Ou *islam de merde*, et comme j'en ai rien à foutre de la religion, c'est bien, ça n'est pas moi qui suis visé, en fait.

– Arrête, s'il te plaît. Tu ne sais pas ce que peuvent faire ces dingues, dans quel état de haine ils sont. Surtout en ce moment. Et je te signale que c'est aussi Léo qu'ils visent quand ils écrivent ça.

– Et donc ?

– Et donc rien ! Je ne peux juste pas supporter que des gens haïssent notre fils comme ça, pour ce qu'il est. Cette idée m'est insupportable.

– Il faudra bien t'y faire pourtant, parce que juif + musulman, c'est quand même un peu la double peine…

Déborah ne sait plus quoi répondre. Elle se demande depuis combien de temps Driss pense une chose pareille, et se souvient avec nostalgie qu'à l'été 2003, lorsqu'elle lui avait annoncé sa grossesse, fou de joie, il l'avait fait valser dans leur cuisine en lui proposant d'appeler cet enfant Oslo. Il avait dit sans plaisanter : « Ce sera l'enfant de la paix, ce qui est bien mieux encore qu'être un enfant de l'amour », et quoi qu'il ait pu se passer dans le monde depuis cette date, Déborah veut garder en tête cette idée-là. L'histoire que lui vend Driss à présent, celle d'un couple qui aurait condamné son fils à la haine simplement en s'aimant, est bien trop absurde pour qu'elle y adhère, parce que cela signifierait que l'amour n'est le gage de rien.

– Tu te trompes, lui répond Driss. L'amour est le gage d'être en paix avec soi-même, et c'est déjà beaucoup. Combien de gens sur cette Terre sont des accidents ? Combien de gens n'ont pas été voulus, désirés, attendus ? Léo, lui, a été tout cela, il est le fruit de notre amour infini, joyeux, léger, il n'aura donc pas, comme nous tous, à se taper une analyse deux fois par semaine à l'âge adulte pour rester debout, et crois-moi, c'est le plus beau cadeau que nous lui ayons fait. Il fera de belles économies.

– Pourquoi prends-tu toujours tout au dixième degré ?

– Pourquoi prends-tu toujours tout au sérieux ? Déborah, je me fous de ces insultes... Ça part avec un coup d'éponge. Moi, c'est du chiffre que je te parle, du nombre ridicule de couverts que je fais par jour. Voilà ce que les attentats ont produit, si tu veux savoir : ils ont vidé mes caisses, merci Abdelhamid Abaaoud, et c'est pas le *#pasdamalgame* des bonnes consciences républicaines qui ont l'Algérie de papa sur l'estomac qui viendra me sauver auprès de mon banquier, je te le dis. Foutez-moi ces enculés d'islamistes dehors, assurez notre sécurité pour qu'on puisse vivre en paix et ne vous inquiétez pas pour les racistes, nous en ferons notre affaire. Tu ne vois pas ce qui se passe, depuis trois mois ? Les touristes annulent leurs voyages, les hôtels sont vides, plus personne n'a envie de fêter quoi que ce soit, de sortir, d'aller au restaurant... Les gens ont les jetons. Ils sont pétrifiés, Déborah. *#Tousenterrasse*, mon cul, oui... Je regardais mes comptes, l'autre soir, j'ai perdu soixante-dix pour cent de mon chiffre d'affaires par rapport à l'année dernière, soixante-dix pour cent, tu te rends compte de ce que ça fait ? Depuis novembre, je réinjecte l'argent que j'ai mis quinze ans à gagner, tu crois que je vais tenir longtemps ? Non. Ça suffit. J'ai décidé, je ferme.

– Mais qu'est-ce que tu vas faire ?

– Je ne sais pas encore. Je voudrais regarder au Portugal. Ce n'est pas loin de Paris, il fait beau, les gens sont sympas... Tu te souviens de notre week-end à Lisbonne ? J'avais adoré l'architecture, les rues en pente avec des vues plongeantes sur le tram et la mer... C'était tellement beau. Il paraît que l'immobilier explose en ce moment, je pourrais peut-être monter quelque chose là-bas.

– Tu vas t'installer à Lisbonne, c'est ce que tu es en train de me dire ?

– Je n'en sais rien, mais je ne peux plus supporter Paris. Cette angoisse, cette chape de plomb partout... Je crois que j'ai besoin de changer d'air.

– Et Léo ?
– Léo, Léo… Ma foi, il décidera !
– Très drôle.
– Bon allez, faut que j'aille voir ce qui se passe en cuisine. Et n'oublie pas de lui donner ses chaussures à crampons vendredi, il a match ce week-end.

Déborah acquiesce d'un signe de tête. Il ne lui aura donc pas parlé de la gifle. Non, il ne lui en aura pas dit un mot et, pour cette délicatesse, elle sait qu'elle éprouvera toujours une infinie tendresse à son égard. Il a maintenant disparu dans son arrière-cuisine. Déborah se lève à son tour et quitte le restaurant sous une pluie battante. Dehors, le couple n'est plus. Pour toute trace de leur passage en terrasse, il ne reste qu'un peu de rouge à lèvres sur l'une des tasses ainsi que quelques pièces de monnaie. Sont-ils morts ? Ont-ils été pulvérisés, déchiquetés comme ceux de La Bonne Bière et de la Casa Nostra ? Les images reviennent dans le cerveau de Déborah sans prévenir, avec la même violence que l'assaut initial, et c'est en leur compagnie qu'elle descend dans le métro.

Sur le quai désert, un Noir d'une vingtaine d'années attend la prochaine rame. Il porte un sac de sport en bandoulière, le même genre de sac dont Léo se sert chaque semaine pour aller à son entraînement de foot. À l'intérieur, le garçon a dû glisser un maillot et un short aux couleurs de son club, des chaussettes, des protège-tibias, des gants, une serviette-éponge, un gel douche, des chaussures à crampons, tout ce que Déborah extrait chaque mercredi du sac de Léo pour le laver afin que ses affaires soient propres pour le samedi suivant le jour des matchs, et pourtant ce n'est pas à ce sac que le sac du jeune Noir lui fait penser, mais à celui de Coulibaly dont le nom claque à ses oreilles, et qui contenait la kalachnikov avec laquelle, un an plus tôt jour pour jour, il a tué quatre personnes à l'Hyper Cacher de la porte de Vincennes. Cette date anniversaire ajoute à la peur panique qui l'étreint maintenant. Elle résonne comme un signe funeste supplémentaire et, quand la rame arrive, Déborah se sent incapable de monter dedans. Elle est donc devenue cette femme qui a peur d'un Noir… Oui, ils ont réussi à faire cela d'elle, et seul le dégoût que ce constat lui inspire la propulse à l'intérieur – les portes se referment.

Combien sont-ils dans ce pays à devoir chaque jour dompter leurs angoisses ? À se faire violence pour descendre dans le métro, aller voir un concert ou entrer dans un grand magasin ? Combien sont-ils à se laisser envahir par des images de carnage en déposant leurs enfants à l'école ? À suspecter l'autre, tous les autres, les Noirs, les Arabes, les convertis, les barbus, les chauffeurs Uber, les voilées de banlieue, les sans-sac, les avec, les tordus, les mutiques, les pas sympas, les bizarres, et à se dire, dans la foule d'un stade, que tout pourrait s'arrêter là, comme ça, en pensant désormais que vivre libre est devenu une forme de courage, ou de résistance ? Déborah s'interroge et les gens autour d'elle, happés par leur smartphone, ne lui semblent ni inquiets ni paniqués. Elle aimerait connaître leur secret. Peut-être est-ce cette énigme qu'il lui faut creuser dans son prochain documentaire. Elle n'a toujours pas trouvé de sujet, comme si le film qu'elle venait d'achever sur l'embrigadement était indépassable et que, au regard de l'état actuel du monde, aucune autre question ne lui semblait digne d'intérêt. La peur en a un, pourtant, puisqu'elle est devenue son nouveau compagnon de route, celui au bras duquel il lui faut vivre désormais. Mais quelle chaîne financerait un film sur la peur ? « Les gens ont besoin de légèreté, lui a dit son producteur, ils ont besoin de rire, de rêver, alors par pitié, Déborah, pour ton prochain projet, trouve-nous quelque chose de rigolo ! » Dans le bureau de la production, tout le monde avait ri. C'était pourtant la chose la plus sensée que Fred Vitoux lui avait dite depuis qu'ils travaillaient ensemble, mais Déborah ne le réalise que maintenant, au milieu de ces passagers aux visages bleuis par la lumière de leur écran. La réalité est abominable et le public n'est pas fou, il n'a aucune raison de la regarder en face. La réalité, mieux vaut l'oublier.

À Marcel-Sembat où elle descend pour rejoindre la rue Marceau qui abrite les locaux d'Arte, le ciel est blanc et clair, la pluie l'a nettoyé. Elle s'engage sur le boulevard de la République. À sa fin, un pont enjambe la Seine et elle s'arrête un instant en son milieu, sur l'île Saint-Germain d'où la vue sur le fleuve lui fait l'effet d'un Edward Hopper. Tout est de fer et d'acier. L'eau, métallique, réfléchit une lumière saturée, douloureuse, où les cumulus filent comme en accéléré vers la route suspendue qui barre l'horizon, et ce spectacle qui lui fait du bien. Depuis les attentats, la beauté de la ville est une des rares choses qui l'apaisent, or là où son regard se pose, Déborah sait qu'elle la trouvera. Rien, en effet, ne l'a altérée. En dépit des événements, du sang qui partout a coulé, la beauté est demeurée intacte, inchangée, toute-puissante, et sans doute est-ce pour cette raison que Déborah éprouve si souvent le besoin de la photographier, comme si d'elle, elle pourrait puiser sa force. Elle sort son portable. Une petite enveloppe lui indique qu'elle a reçu un message. Il provient de Pierre qui lui liste quelques-unes de ses envies – *ta bouche, tes lèvres, ta langue, tes seins, tes fesses, tes caresses, le creux de tes reins.* Le creux de tes reins... En quinze ans de mariage, Driss ne lui a jamais témoigné son désir, et le voir exprimé si simplement par Pierre lui donne dans l'instant l'envie d'être à lui. Elle relit cette liste, ces mots qui l'excitent. Au fond, n'est-ce pas pour eux qu'elle a quitté le père de Léo ? Pour la nostalgie de ce qu'ils avaient provoqué en elle jeune femme et dont l'effet retrouvé, de son cœur battant à chaque parcelle de son corps, lui donne, en cette froide journée de janvier, la merveilleuse impression d'être vivante ? La réponse est oui, évidemment. Il n'y a donc rien à regretter. Non, rien, se répète-t-elle en capturant ce tableau de la ville dans son portable, puis un texto de Driss lui arrive et c'est comme si un corbeau noir était entré dans l'image, et qu'il s'était posté au premier plan sur le parapet – une tache pour tout gâcher.

Dans ce texto, Driss a écrit : *J'ai bien réfléchi, Déborah. Cet enfant est en grande souffrance, il faut qu'il soit suivi par un médecin. S'il n'est pas suivi, ça finira mal. Crois-moi, ça finira très mal.*

Les mots écrits ne s'effacent pas. Les mots écrits se lisent et se relisent, ils se gravent dans le cerveau, dans le cœur de ceux à qui ils sont destinés, ils colorent leur sang de leur encre pour en faire du mauvais et, bientôt, ils deviennent cette petite musique entêtante, cette ritournelle diabolique qui n'est plus un conseil ou une mise en garde, mais seulement le jet d'un sortilège. Et même si Déborah ne croit pas à ces choses-là, même si le texto de Driss lui fait gentiment lever les yeux au ciel et qu'aussitôt après l'avoir parcouru elle l'envoie dans la corbeille de son téléphone, c'est à ces mots qu'elle pense encore lorsque Salomon, de retour rue de Belzunce la semaine suivante, lui rapporte ce qu'il a écrit dans son dernier devoir de français – *ça finira mal, crois-moi, ça finira très mal.*

En cette nouvelle semaine A, Pierre, lui, a au contraire le sentiment que les choses avancent dans le bon sens. D'abord, il est rentré tôt. Il devait partir pour Calais, mais il a considéré qu'il valait mieux reporter au lendemain, que son fils avait besoin de lui, et il ne s'est pas trompé : Salomon dansait de joie quand il lui a téléphoné du bureau pour lui annoncer qu'il arrivait. Ils ont fait les devoirs ensemble sur un coin de table dans la cuisine, Salomon a ensuite chanté pour son père la partition de sa chorale, puis ils ont déversé dans le salon la boîte de mille Kapla commandée sur Internet pour Noël et Pierre a édifié, sous les ordres de son fiston autoproclamé architecte, un centre d'accueil digne de ce nom pour les réfugiés de Calais. L'enfant était aux anges. Il a pris la construction en photo sous tous les angles et s'est empressé d'envoyer les clichés à sa mère qui n'a pas répondu, mais il ne s'en est pas offusqué, il était heureux, il avait son père pour lui seul, plus rien n'avait d'importance. D'ailleurs ce soir-là, magie, il est allé prendre son bain sans rechigner, est venu se mettre à table à la seconde où on l'a appelé, n'a pas posé toutes sortes de questions inutiles dans le but d'accaparer la conversation et, si ce n'était son cartable dont il ne voulait toujours pas se départir, même à table, personne n'aurait pu croire qu'il était aussi l'enfant qui hurle pour rien, accuse Léo à tort et brandit un couteau de boucher à la tête de sa belle-mère.

À 21 heures ce soir-là, Pierre va le mettre au lit. Léo, lui, s'est replié dans sa chambre depuis longtemps – « Désolé, j'ai la migraine », a-t-il dit à sa mère qui a fait semblant de le croire, et le couple se retrouve en tête à tête dans le salon à l'aube d'une soirée paisible, sans heurt à l'horizon. C'est peut-être la première fois depuis qu'ils habitent rue de Belzunce et que les enfants sont là. Pierre en est ému. Il repense à toutes ces années qu'il a traversées seul avec son enfant, dans des appartements fonctionnels qui ne leur servaient qu'à dormir et manger, manger et dormir, et où ils n'invitaient jamais personne à dîner ou prendre un verre. Dans ces appartements en location meublée, il n'y avait que des objets utiles. Pas de bibelots, pas de cadres, pas de bougies, pas de fleurs et, d'un déménagement à l'autre, il leur arrivait de laisser leurs livres dans les cartons faute de trouver l'énergie de monter une bibliothèque. Mais Pierre n'en souffrait pas. Il avait toujours vécu ainsi. Il aimait ne rien posséder, être dans les lieux comme dans la vie, de passage, c'était sa nature profonde, et la seule manière, à ses yeux, d'être réellement libre. Il aimait changer d'adresse quand il le souhaitait, dîner seul au restaurant avec ses dossiers, prendre des trains pour aller visiter ses clients en détention à l'autre bout de la France, se perdre dans les grandes villes, partir en mission là où Avocats sans frontières décidait de l'envoyer. Il n'avait, en somme, aucune attache, et puis l'arrivée de Salomon avait changé la donne, il avait vite compris que la vie qu'il s'était organisée pour lui seul ne pourrait plus durer, parce qu'une vie comme ça était une vie triste avec un enfant.

De cette tristesse, Pierre garde le souvenir infiniment douloureux d'un voyage itinérant en Irlande. Salomon devait avoir cinq ou six ans, il faisait déjà beaucoup de crises et, pour cette raison, Pierre avait préféré partir seul avec lui plutôt que dans une grande maison remplie d'amis où ils étaient invités. Il avait choisi ce voyage en pensant que la route faciliterait leur communication et que de cette expérience leur lien ressortirait renforcé, mais en réalité ils avaient eu très peu l'occasion de se dire des choses, d'abord parce que Salomon s'endormait à la minute où la voiture se mettait à rouler et que, ensuite, lorsqu'ils s'arrêtaient le soir dans des auberges, ils dînaient entourés de familles de quatre membres minimum, qui toutes regardaient leur tandem comme un ovni. Pierre en était horriblement gêné. Il avait l'impression d'avoir raté quelque chose, il se sentait nul et il avait honte, alors il pressait son fils de terminer son assiette et vite, vite, ils regagnaient leur chambre. Lors de ces nuits irlandaises, Pierre avait passé un temps infini à regarder son petit garçon dormir, et il s'était promis qu'un jour ils seraient quatre, eux aussi. Oui, un jour, il lui offrirait une famille.

C'est à cela qu'il pense, à présent. À cette promesse tenue. Déborah est assise sur l'accoudoir du canapé, ses pieds posés sur les cuisses de Pierre, comme une petite fille. Elle ne sait pas comment lui dire la chose. Elle y a pensé toute la soirée mais le mot est si violent qu'elle n'est pas certaine de pouvoir le prononcer. Par crainte, par lâcheté, elle s'est même dit, à un moment donné, que ça n'était pas ses affaires et qu'elle n'allait rien lui répéter du tout, mais la seconde suivante le texto de Driss lui pétait à nouveau à la figure – *crois-moi, ça finira très mal* – et elle n'avait plus pu reculer. Et si Driss avait raison ? Si les choses finissaient vraiment mal ? Mal au point que cet enfant décide d'en finir ? Y a-t-il des enfants de l'âge de Salomon qui en finissent ? Un peu plus tôt, alors qu'ils étaient à table, Déborah a consulté son smartphone et elle est tombée sur une info de l'Inserm sur le site de Psychologies.com : en France en 2009, trente-sept enfants de cinq à quatorze ans se sont donné la mort. Maintenant, elle imagine le fils de Pierre sans vie, une poupée de chiffon sur la moquette de sa chambre, et l'effroi qui la traverse est tel qu'elle se lance :

– Je suis inquiète pour Salomon.

Pierre la regarde, surpris. Presque effaré. C'est le regard d'un homme qui se sent attaqué, un regard qu'il ne pourrait jamais avoir si elle était la mère de son enfant, et déjà Déborah regrette d'avoir parlé. Elle poursuit pourtant :

– Je suis inquiète parce que Salomon est rentré de l'école vraiment mal, Pierre. Je lui ai demandé ce qui n'allait pas. Il m'a répondu que son professeur de français leur avait donné un questionnaire, et qu'il avait eu zéro parce qu'à la question : « Que voulez-vous faire plus tard ? », il a répondu : « Rien. Il n'y aura pas de plus tard. Je vais me suicider. »

Pierre laisse échapper un rire bref. Il est donc comme ce prof, il ne croit pas son fils ?

– Cet idiot de prof ne l'a pas cru, dit tout de suite Déborah pour lui fermer cette porte. Il a pensé qu'il se foutait de lui.

La samba s'échappe alors du portable de Pierre, posé sur la table basse. Pierre l'attrape, prend connaissance du nom qui s'affiche à l'écran – « Excuse-moi, c'est Calais », dit-il à Déborah – et décroche.

– Ouais, Greg. Non, je n'ai pas pu prendre un train ce soir, mais je serai là demain avant 11 heures. C'est une télé nationale ? Bien sûr, compte sur moi. Je t'embrasse.

Il coupe, repose le téléphone sur le canapé.

– France 2 vient faire un reportage demain sur la jungle, explique-t-il à Déborah. Ça tombe à pic. Il faut qu'ils sachent un peu, là-haut, que nous aussi, nous sommes capables d'user de la force. Et la force de l'image, vois-tu, c'est un truc qu'ils sous-estiment toujours, ces abrutis de bureaucrates.

– Pierre…

– Quoi ?

– Tu as entendu ce que je viens de te dire ?

– Oui.

– Salomon a écrit *Je vais me suicider* dans son devoir. Ce sont les mots que ton fils a choisis. À dix ans. *Je vais me suicider.*

– J'ai entendu.

– Et tu n'es pas choqué ?

– Non.

– Non ?

– Non, je ne suis pas choqué que mon fils dise et écrive des choses surprenantes pour son âge parce que c'est le propre de tous les enfants supérieurement intelligents.

C'est son tour à elle d'être effarée.

– Salomon a 150 de QI, poursuit Pierre. Sa précocité est exceptionnelle. Et beaucoup d'enfants précoces disent qu'ils veulent en finir. Pour qu'on les regarde. C'est banal.

– Pourquoi me le dis-tu seulement maintenant ?

Le téléphone bipe à nouveau. Ce sont deux textos cette fois, coup sur coup, et Déborah peut lire le nom de MdeS sur l'écran lumineux.

– Je ne sais pas, répond Pierre. Je pensais sans doute que tu t'en rendrais compte toute seule. Ou bien je craignais peut-être que tu me trouves prétentieux...

Pierre a raison, c'est ce que Déborah aurait pensé de lui si d'entrée de jeu il lui avait dit *Attention, mon fils est supérieurement intelligent, la cohabitation avec vous risque d'être un peu compliquée !* Mais après trois mois de vie commune, les choses sont différentes : elle se sent bernée, prise au piège. Les textos de MdeS continuent d'affluer. Sur la petite enveloppe verte qui les signale, le chiffre tourne comme sur un compteur EDF – *7, 8, 9, 10...*

Déborah s'emporte :

– J'étais en droit de savoir cela, Pierre. Tu n'aurais pas dû me le cacher. Tu aurais dû me le dire tout de suite, à la minute où nous avons décidé de prendre cet appartement.

– Et si mon fils avait été handicapé moteur ? Ou épileptique ? J'aurais dû te le dire aussi ?

Elle se demande à quel moment il va décider d'éteindre le téléphone, à quel moment les alertes sonores des textos qui arrivent comme des boules de flipper vont le gêner, et elle a cette réponse très méchante qui le laisse par terre :

– La paraplégie ou l'épilepsie ne sont pas des vices cachés.

La samba reprend. Pierre la laisse jouer dans le vide. Sans doute pour la punir de ce qu'elle vient de dire, puis il pose cette question dont en réalité il ne veut surtout pas connaître la réponse :

– Et tu aurais fait quoi ? Tu m'aurais dit « Ah, je suis désolée, je ne peux pas vivre avec quelqu'un de différent, on ne prend pas cet appartement » ? Eh bien voilà, je suis désolé, je te le dis avec trois mois de retard, MON FILS EST DIFFÉRENT.

Cette vérité les fige tous les deux.

Différent n'est pourtant pas le nom d'une tare ou d'une maladie, mais il opère sur leur cerveau comme celui d'un cancer incurable, oui, comme si Salomon souffrait d'un mal effrayant et mortel contre lequel ils ne pouvaient rien.

– Peux-tu au moins éteindre ce téléphone ? finit-elle par lui demander.

– Non. J'attends un appel important du cabinet.

– Pourquoi est-ce qu'elle te harcèle comme ça ?

– Comment veux-tu que je le sache ? J'imagine qu'elle est seule et qu'elle s'emmerde.

– Regarde ce qu'elle te veut.

– Ça ne m'intéresse pas.

– *Regarde !*

C'est un ordre que Déborah vient de donner à Pierre, et elle s'en étonne elle-même. Jamais jusque-là elle n'a voulu connaître la teneur des échanges avec son ex-femme. Elle sait trop que c'est inutile, dangereux pour tout le monde, et que l'indifférence est le seul moyen de gagner contre les femmes de cette espèce. Elle sait aussi qu'il ne faut jamais donner prise, on le lui a dit cent fois, seulement les bips de ses textos lui ont trop vrillé la tête, ce soir, et chaque fois qu'ils reviennent, elle a l'impression que le tison d'une cigarette lui brûle la peau du crâne. Elle ne veut plus se laisser brûler.

– Alors ? dit-elle. Qu'est-ce qu'elle raconte ?

– Tu vas la prendre pour une malade.

– C'est déjà le cas.

– Elle voudrait que Salomon puisse manger du jambon quand il est chez nous.

– Pardon ?

– Elle demande qu'il y ait du porc dans notre frigo. Depuis que Salomon lui a dit qu'un rabbin venait toutes les semaines à la maison, elle s'est mis en tête que tu voulais le convertir. Elle dit que tu fais du prosélytisme.

– Tu es sérieux ?

– Malheureusement oui.

Déborah suffoque.

– Mais tu lui as dit qu'avant toi j'étais mariée à un musulman ? Tu lui as dit que cette rabbin n'était pas du tout rabbin pour les rabbins ?

– Sans te vexer, je ne crois pas que la mère de Salomon soit très sensible à ce que pensent les rabbins.

– Bien sûr... N'empêche que tu ne peux pas la laisser dire des choses pareilles ! Je n'ai jamais cherché à ce que Salomon assiste à ces cours de Talmud. Jamais, Pierre !

– Je le sais.

– Alors dis-le-lui ! Dis-lui que Salomon construit des églises quand Myriam est là, parce que c'est ce que fait ton fils tous les jeudis, je te signale, de grandes églises avec de grands clochers ! Ça la rassurera, non ?!

– Je ne lui écrirai rien. Je n'ai pas à me justifier de ce qui se passe chez nous.

– Tu as raison. Eh bien écris ça, *Je n'ai pas à me justifier*, c'est parfait !

– Non.

– Tu ne veux pas d'histoires, n'est-ce pas ?

– Je ne veux pas remettre une pièce dans la machine. Tu ne comprends donc pas que c'est tout ce qu'elle attend ? Tout ce qu'elle cherche ? Je ne lui offrirai pas ce plaisir.

– Mais elle continue de t'écrire ! Regarde, elle ne s'arrête pas ! Regarde ! Quarante-deux messages en vingt minutes, est-ce une chose seulement possible ?!

Déborah se lève, hors d'elle, et marche jusqu'à la fenêtre en pensant *C'est moi, maintenant, la folle, c'est moi l'hystérique.* Quand a-t-elle hurlé comme ça pour la dernière fois ? Lorsqu'elle avait quinze ans et que son père ne voulait pas la laisser sortir ? Elle ne connaît pas cette femme. Elle ne l'a jamais vue. Elle ne lui a jamais adressé la parole. Et pourtant, elle n'a pas le souvenir que quelqu'un l'ait déjà mise dans cet état de rage et de frustration mêlées.

Après une petite accalmie, un texto solitaire brise le silence.

– Je crois que je vais l'appeler, dit Déborah.

Pierre se lève, vient derrière elle.

– Pourquoi te mets-tu dans un état pareil ? Laisse glisser, ne lui donne pas cette place… Quelle importance, ce qu'elle écrit ?

Déborah s'échappe un instant dans l'observation d'un homme traversant la rue, en bas de leur immeuble, et n'entend pas ce que lui dit Pierre.

– Et maintenant, qu'est-ce qu'elle raconte ? demande-t-elle.

– Des énormités. Elle dit que nous sommes racistes. Elle dit que de nous être mis ensemble, alors que nous sommes tous les deux juifs, en est bien la preuve. C'est drôle, elle confond racisme et repli communautaire, si je voulais l'humilier, je le lui dirais. Elle dit que si ça n'a pas marché avec elle, c'est parce qu'elle était goy.

Déborah tourne vers lui un visage inquiet. Est-ce la vérité ? Si oui, cela voudrait dire qu'il l'a choisie uniquement pour sa religion, et d'être aimée si peu, elle croit qu'elle le quitterait.

– A-t-elle raison ? lui demande-t-elle. Ça n'a pas marché entre vous parce qu'elle n'était pas juive ?

– Ça n'a pas marché, Déborah, parce qu'elle était folle. Sais-tu ce qu'elle exigeait de moi ? Que je pisse assis. Oui, madame, elle voulait que je pisse comme une femme pour ne pas risquer de salir la lunette de ses toilettes et, tous les matins, elle me demandait de passer la raclette dans la douche. Elle en avait accroché une exprès au bras du pommeau par une fine cordelette, le truc pendouillait dans le vide, on aurait dit un instrument de torture dont les bouts anguleux me rentraient dans la cuisse ou la hanche, c'était une horreur, mais si par malheur j'oubliais de racler les parois après avoir terminé, elle devenait dingue. Elle ne supportait pas les traces, ni les chaussures à l'intérieur, je devais les ôter sur le pas de la porte comme si nous vivions dans le vestiaire d'une piscine municipale ou dans un cabinet de kinésithérapie, elle comptait mes Kleenex usagés, ce n'est pas une blague, elle allait les repêcher dans la poubelle pour me prouver que ma consommation était délirante et elle me disait : *Je vais te les faire payer si ça continue, trente centimes l'unité !* Elle laissait tout pourrir dans son frigo, elle ne voulait rien jeter, elle dormait avec une peluche cachée sous son oreiller, elle avait besoin de la lumière du couloir pour trouver le sommeil et si la porte de notre chambre n'était pas ouverte aux trois quarts – pas à la moitié, ni au tiers, non, aux trois quarts –, elle était incapable de fermer l'œil. Voilà, tout était comme ça. Un enfer. Ni goy, ni juif, juste un putain d'enfer domestique qui nous pourrissait l'existence. Pendant des années, elle a dit que je l'avais quittée avec un bébé de six mois, mais ce n'est pas vrai. Je ne l'ai pas quittée, j'ai sauvé ma peau.

Six mois. C'était donc le temps qu'ils étaient restés ensemble après la naissance de Salomon. Pierre ne le lui avait jamais dit, et pendant quelques minutes plus rien n'existe pour Déborah que ce chiffre. Elle a du mal à l'intégrer, à imaginer que le Pierre qu'elle connaît, celui qui se lève la nuit pour vérifier la température de son enfant malade, qui va seul acheter ses fournitures scolaires chaque année en septembre, qui prend rendez-vous chez le dentiste, le pédiatre, l'ophtalmo, qui trouve les cours d'échecs, les clubs de lecture, les colonies de vacances et qui organise ses anniversaires, est aussi celui qui l'a laissé seul avec sa mère alors qu'il n'était encore qu'un bébé. Pour Déborah, cette réalité-là est inconcevable.

– Le quotidien avec elle était un tel cauchemar… reprend Pierre pour lui expliquer. Elle me mettait dans un état de colère… Je ne me reconnaissais plus. À la fin, tu sais, j'avais peur de moi, peur de ce que j'aurais pu lui faire. Et peur aussi pour Salomon. C'était tellement douloureux de penser que ce petit être innocent voyait et ressentait toute cette violence entre nous… Souvent, je me dis que s'il a développé à ce point ses capacités intellectuelles et dans le même temps gelé toutes ses émotions c'est dans le seul but de ne pas avoir mal, de se protéger, mais maintenant qu'il les découvre au contact des autres, il doit apprendre à les gérer et c'est pour lui une montagne. Regarde comme un enfant de deux ans a du mal à dealer avec ses peurs, ses frustations, ou même ses joies… Tu sais, Salomon a beau avoir le corps d'un enfant de dix ans et la maturité intellectuelle d'un jeune adulte, émotionnellement il n'a pas plus de deux ou trois ans. Cela fait beaucoup de monde pour un seul individu.

Déborah repense au texto de Driss.

– Et tu ne crois pas que ce serait bien qu'il aille voir quelqu'un ? demande-t-elle.

– Je ne sais pas. Sans doute.

– Vous n'avez jamais consulté ?

– Si. On a vu une femme à l'hôpital, à la fin de sa maternelle, c'est comme ça qu'on a su pour sa précocité. Sa maîtresse nous avait donné le contact. Elle aimait beaucoup Salomon, et elle avait remarqué qu'il se mutilait durant les récréations.

– Qu'il se mutilait ? C'est-à-dire…

– Il se tapait la tête contre les murs, il se griffait au sang l'intérieur des bras.

– Oh, mon Dieu, Pierre, mais c'est affreux… Et il s'est arrêté au bout de combien de temps ?

– Je ne sais plus. Mais longtemps après qu'on a arrêté de voir cette psy. Ou plutôt que j'ai arrêté. La mère de Salomon, elle, n'est venue qu'à la première séance. Cette femme m'a donné en premier la parole, alors j'ai commencé et, au bout de cinq minutes, MdeS n'a pas supporté. Elle m'a giflé devant la psy. Devant Salomon, aussi. Tu aurais vu la tête de la psy… Elle était sidérée. Par la suite, on est retournés la voir une ou deux fois tous les deux, mais elle pensait que sans la mère elle ne pourrait obtenir de résulat signifiant. Je ne sais pas si elle avait raison, ni si la mère est si importante que ça dans notre construction psychique, en tout cas, j'étais content d'une chose : après ces trois séances, Salomon n'a plus jamais dit *Je vais arrêter d'exister*, mais *Je n'aurais pas dû exister.* Il avait compris quelque chose.

– Compris quoi ?

Pierre hésite à parler. Il se demande s'il peut confier à Déborah ce qu'il n'a encore jamais dit à personne et être absolument certain qu'elle gardera le secret, qu'elle n'en dira rien aux autres, rien à Driss, rien à Léo. Et à Salomon ? Sous le coup de la colère, par exemple, pourrait-elle dire quelque chose un jour à Salomon ?

– Tu ne voulais pas de cet enfant, n'est-ce pas ? lui dit-elle maintenant.

Pierre répond non. Cette fois sans hésiter. Ce mot est si simple à prononcer que la suite vient toute seule :

– Je n'étais pas avec MdeS lorsqu'elle est tombée enceinte. On baisait de temps en temps, parfois elle m'emmenait dans des fêtes ou à des défilés, comme elle était acheteuse pour la mode féminine du BHV, elle était invitée partout et j'aimais bien boire du champagne avec elle, c'était le genre de fille sympa pour faire la fête, le genre de fille que tu ne fréquentes qu'à la nuit tombée, et puis un jour elle m'a appelé pour m'annoncer la nouvelle. Je ne l'avais pas vue depuis trois mois. J'ai cru que le monde s'écroulait. Mais qu'est-ce que je pouvais faire ? Il n'était plus question qu'elle avorte et, de mon côté, je ne me voyais pas avoir un fils dans la nature. J'ai pris mes responsabilités. Je me suis installé avec elle, je l'ai accompagnée à la clinique le jour où elle a eu des contractions, j'ai accueilli ce bébé dans mes bras, je suis allé à la mairie le reconnaître et, de fil en aiguille, je suis devenu le père d'un enfant que je n'avais pas désiré. Alors oui, c'est vrai, je suis parti quand il a eu six mois. Mais je passais le voir tous les jours.

Déborah n'écoute plus. Elle pense *c'est donc cela le secret si bien gardé, c'est le coup de couteau dans le dos*, et la seconde suivante, comme une évidence, elle revoit Salomon les menaçant avec cette arme blanche la première fois qu'ils le rencontraient dans la cuisine rue Saint-Sauveur. Pauvre gosse : c'était donc le moyen le plus simple qu'il avait trouvé pour se présenter à eux honnêtement, en toute transparence. *Voilà, je vous préviens tout de suite, je suis un enfant-couteau, le couteau perfide que ma mère a planté dans le dos de mon père en me faisant venir au monde, oui, ce couteau est mon origine, mon ADN, et contre cela je ne pourrai jamais rien.* Est-ce que Pierre en a conscience, lui qui appelle toujours innocemment son fils *mon petit garçon-escargot* ? Déborah sait bien que non et, comme si elle se sentait tout à coup investie d'une mission qui consisterait à lui ouvrir enfin les yeux, sans trembler elle lui dit :

– Cette femme ne t'a pas fait d'enfant, Pierre. Elle t'a juste piégé. Et une femme qui fait cela, moi, j'appelle ça une pute.

Pierre reçoit l'insulte au visage, comme un crachat. Pourtant, il a souvent pensé lui aussi, que MdeS en était une, mais c'était lui et, pour Salomon, il ne l'aurait jamais dit.

C'est à Salomon qu'il pense à présent.

– Déborah, dit-il, elle est la mère de mon fils… Tu ne peux pas parler de la mère de mon fils comme ça, je te l'interdis.

La mère de son fils. Voilà ce qu'est en effet, MdeS. Ce qu'elle sera toujours, Pierre l'a même écrit dans les contacts de son portable, et contre cela Déborah ne peut rien. Elle abandonne Pierre au salon et va dormir avec son fils. C'est lui cette nuit qu'elle veut tenir dans ses bras.

Au petit matin, Léo est surpris de trouver sa mère sous sa couette, mais suffisamment malin pour comprendre que cette présence peut augurer une bonne nouvelle, et alors que Déborah n'a pas encore ouvert un œil, il lui chatouille l'oreille de sa voix de taquineur professionnel :

– Ben alors, maman, qu'est-ce qui se passe ? Une envie soudaine de dormir avec son fiston chéri ?

– Qui me parle ? Quelle heure est-il ?

– 8 h 20.

– Oh merde... J'ai oublié de me lever !

– Et t'as oublié de me lever aussi. Résultat, j'ai raté ma première heure de cours, mais t'inquiète, c'était techno. Tu t'es engueulée avec Pierre ?

– Non.

– Alors qu'est-ce tu fiches dans mon lit ?

– ...

– Ça va, tu peux me le dire, que tu t'es engueulée avec Pierre… *I have a dream, listen to me!* Tu t'es engueulée très fort avec lui, je ne sais pas pourquoi, hein, mais vraiment très fort, du coup vous vous quittez, on est obligés de déménager, et moi, je suis définitivement débarrassé de Salomon – Quel kif ! Bon allez, faut que je file… Je t'aime, ma petite mamounette – et, venant s'écraser sur elle, Léo l'embrasse sur la tempe avant de détaler comme un cabri.

Lorsque Déborah émerge ce matin-là, l'appartement est désert et silencieux. Pierre n'a pas cru bon de la réveiller. Sans doute vexé qu'elle soit allée dormir dans la chambre de Léo, il a décidé de lui rendre la pareille et de ne s'occuper que de son fils et de lui – deux tasses, deux assiettes, deux couteaux souillés de beurre et de confiture dans le lave-vaisselle confirment son intuition. Il doit être maintenant dans le train pour Calais où il restera jusqu'au lendemain. Cela veut dire que Déborah ne le verra pas ce soir, ou alors seulement sur BFM dans un reportage consacré à la jungle qui tournera en boucle sur l'écran de son téléviseur, et peut-être est-ce très idiot et très enfantin, mais le simple fait qu'il ait pu partir comme ça, sans venir l'embrasser, la démoralise à un point de non-retour. Elle sait que jamais il n'aurait pris ce risque s'ils n'habitaient pas sous le même toit. Il aurait craint qu'elle ne le rappelle jamais et il serait venu lui dire au revoir.

Vivre ensemble autorise les couples à tout, même à devenir des étrangers.

Pierre a filé, certes, mais pas comme un voleur. Il a laissé un mot dans la salle de bains, en évidence entre le miroir et le bec du robinet, et quand en allant se laver Déborah tombe dessus, sa rancœur se dissipe. Dans ce mot, Pierre l'appelle *mon amour*, regrette ce qui s'est passé la veille, reconnaît le harcèlement que MdeS exerce sur lui et par ricochet maintenant sur eux, mais il lui demande, par pitié, de s'en moquer, de ne lui accorder aucune importance, vraiment aucune, répète-t-il, sans quoi elle leur pourrira l'existence et il ne veut plus rien lui laisser pourrir du tout. Il écrit à Déborah qu'il l'adore, qu'il adore sa vie avec elle, que jamais il n'a été si heureux. Et il ajoute pour finir qu'il a entendu son inquiétude concernant Salomon. Il pense lui aussi qu'emmener son fils voir quelqu'un ne pourra lui faire que du bien. Est-ce qu'elle aurait une idée de qui ? Des amis autour d'elle qui pourraient lui conseiller un bon spécialiste ? Il souhaiterait qu'elle se renseigne. *En attendant, je t'embrasse partout. Partout, mon amour*, lui écrit-il. Et il signe *Je t'aime.*

Le médecin que Déborah choisit est un pédopsychiatre auteur d'une thèse remarquée sur la schizophrénie, qui s'occupe maintenant d'enfants souffrant essentiellement de troubles autistiques. Quand elle a entendu la première fois l'expression *troubles autistiques*, Déborah a eu un mouvement de recul. Elle ne voulait pas que Salomon fasse partie de ces enfants-là, cela l'effrayait, sans compter que sur le plan logistique, ce docteur Jean Piekarski ne leur offrait aucun avantage, il consultait uniquement dans un centre médico-psychologique de Juvisy, à une heure au moins en transports en commun de la rue de Belzunce, ce serait la croix et la bannière pour s'y rendre chaque semaine, mais Driss avait été si dithyrambique à son sujet – « Ce type est un génie, le meilleur de tous, il verra tout de suite où est le problème » – que Déborah était ressortie de leur déjeuner convaincue. Oui, c'est

Driss qui lui a donné le nom du docteur Jean Piekarski. Parce que c'est à Driss seul qu'elle pouvait parler d'une chose si intime et qu'au fond il est autant concerné qu'elle par la santé mentale d'un enfant partageant une semaine sur deux la vie de leur fils. Mais Déborah n'en dira rien à Pierre. Elle admet qu'il pourrait ne pas comprendre.

Le docteur Piekarski donne à Pierre un premier rendez-vous au lendemain des vacances de février et demande à ce que les deux parents soient présents pour cette rencontre. Pierre envoie dans la foulée un texto à MdeS pour l'informer du jour et de l'heure de la convocation, mais il s'attend à recevoir en retour un torrent d'insultes. Il a vu MdeS dans un café quelques jours plus tôt pour lui annoncer qu'il voulait emmener Salomon chez un psy, et elle lui a dit qu'il n'était qu'une couille molle, que son fils n'avait pas besoin d'écoute mais de l'autorité d'un père, ce dont évidemment il n'avait pu bénéficier puisque ce pleutre les avait abandonnés quand le petit avait six mois, voilà pourquoi à dix ans il avait atteint ce niveau délirant d'insolence et de mauvaise éducation – « Pas besoin d'aller payer cent balles toutes les semaines pour comprendre ça ! »

C'est entré dans une oreille de Pierre et ressorti par l'autre. Depuis longtemps, il a cessé de l'écouter. Il se fiche complètement de ce qu'elle peut lui dire, *ça glisse, pfuit!* mais pour son fils, il fait le job, comme on dit, donne les infos, et après elle en fait ce qu'elle veut. Et cette fois, contre toute attente, MdeS lui répond, très polie:

Merci, je serai là.

Pierre est surpris, mais content qu'elle soit redescendue de sa tour. Il se dit que c'est bien, elle a réfléchi, elle a compris que c'était pour son fils, et il fait la bêtise d'annoncer la nouvelle à Salomon. Le jour du rendez-vous, MdeS ne vient pas.

Déborah enrage. Dans l'heure où elle l'apprend, elle rédige une lettre à l'attention de MdeS pour lui dire tout son mépris et, dans sa colère, elle pense même un instant la publier sur sa page Facebook afin que les gens sachent qui elle est, de quoi elle est capable, puis elle se souvient que cet espace est dédié à la promotion de son travail et se refrène, envoie à la place de longs messages à Pierre dans lesquels elle lui dit que c'est une honte, que cette femme est un monstre, que pour se venger de lui elle serait prête à tout. Déborah ne comprend pas que Pierre ne soit pas en mesure d'imposer à MdeS d'être présente au rendez-vous. Puisque le médecin l'a demandé! Puisqu'il s'agit du bien de Salomon! Non, elle n'arrive pas à entendre que, même en invoquant l'intérêt de leur fils, il ne parvienne pas à la raisonner, et plusieurs soirs de suite, quand il rentre du cabinet, elle lui explique qu'il échoue parce qu'il ne sait pas s'y prendre, parce qu'il ne dit pas les bons mots.

La première fois, Pierre ne se vexe pas. Il lui répond simplement qu'elle se trompe, qu'elle imagine un dialogue possible car elle plaque sur eux le rapport qu'elle entretient avec Driss, mais ce rapport-là est exceptionnel, lui dit-il, « je ne sais pas si tu t'en rends compte ». Depuis qu'il a prêté serment en 2001, Pierre a au moins retenu une chose de son métier d'avocat spécialisé en droit de la famille : les couples incapables de vivre ensemble sont aussi incapables de se séparer. Au fil du temps, il a assisté à tellement de carnages. Il a vu des gens crever de se disputer une pension, un tableau, une maison, des meubles, des outils ou même des animaux domestiques, et d'autres prêts à accepter le placement de leur enfant en foyer plutôt que d'en partager la garde, si bien que, lorsqu'il a rencontré Déborah, il ne croyait plus à la possibilité de se parler après un divorce. Elle lui a prouvé le contraire. Tous les jours, Déborah parle à Driss, et cette amitié qu'ils partagent au-delà de leur fils est une des choses que Pierre leur envie. Comment ont-ils fait pour réussir cela ? Pour se quitter sans devenir deux étrangers ? Le jour où il a appris que Driss, musulman, avait accepté que Léo fasse sa bar-mitsvah, Pierre a repensé à la longue bataille qu'il avait lui-même menée pour convaincre MdeS de circoncire Salomon – « S'il te plaît, je voudrais que mon fils ait le même zizi que moi, je te le demande comme un service, je t'en conjure, accorde-moi cette faveur, s'il te plaît, sois bonne pour une fois, je ne peux pas me retrouver nu sous la douche avec lui et avoir un zguègue qui ne soit pas le miroir du sien ! » – et il en est arrivé à la conclusion que c'était une question de chance, comme à la loterie, que certains tombaient bien et d'autres pas.

– Non, tu te trompes, la chance n'a rien à voir là-dedans, lui a rétorqué Déborah. C'est juste une question d'intelligence. Qu'est-ce que tu imagines ? Que Driss est tellement grand dans sa tête qu'il est capable de tout accepter ? Eh bien non. Au fond de lui, il a les boules que son fils ait décidé d'être juif. Évidemment qu'il a les boules, comme je les aurais eues si Léo m'avait appris qu'il voulait se convertir à l'islam, parce que, aujourd'hui, c'est une joie de pouvoir lui transmettre mon histoire, de le voir marcher dans les pas de mon père, de mon grand-père et de tous les autres hommes de ma famille avant lui, mais ces boules, vois-tu, je les aurais ravalées comme Driss les ravale aujourd'hui, car il y a bien longtemps nous avons décidé que ce serait lui, notre fils, qui choisirait le moment venu ce qu'il voudrait être – et il a choisi. Pierre, tu peux toujours m'expliquer ce que tu veux, moi, je te dis une chose : en dépit de tout ce qui vous oppose, MdeS et toi, vous pourriez très bien décider aussi d'être des gens intelligents.

Cette fois, Pierre ne répond pas. Il la trouve injuste, condescendante.

Il enfile son blouson.

– Qu'est-ce que tu fais ? lui demande-t-elle.

– Je descends acheter des cigarettes.

Quand il remonte une demi-heure plus tard, il la trouve au lit, plongée dans le noir. Il ne sait pas si elle dort ou fait semblant.

Tous les mercredis à l'heure du déjeuner, Pierre emmène maintenant Salomon au centre médico-psychologique de Juvisy voir le docteur Piekarski. MdeS, elle, a dit qu'elle ne viendrait pas. Elle en a d'abord informé Pierre au téléphone en lui expliquant qu'elle n'était pas suffisamment bien en ce moment dans sa tête pour encaisser tout un tas de reproches sur ce qu'elle avait ou n'avait pas fait pour son fils, puis dans un second temps elle lui a adressé un courriel visé par un avocat dans lequel elle se déclare opposée à ces séances, et prévient Pierre que s'il continue d'y soumettre leur fils sur lequel, au passage, elle lui rappelle que par un jugement en date du 3 juillet 2007 le juge aux affaires familiales lui a reconnu l'exercice plein et entier de l'autorité parentale, elle se réserverait la possibilité d'engager les poursuites utiles et nécessaires au respect de ses droits. Quand Déborah voit passer ce mail, elle se demande si Pierre aura la force de lui tenir tête ou si, une de fois plus, MdeS réussira à lui imposer son chantage dégueulasse. Pierre tient tête. Il doit sentir qu'il en va cette fois de son histoire avec Déborah et, pour celle-ci, ce n'est pas simplement une victoire, c'est le soutien sans lequel elle n'aurait sans doute plus le courage d'endurer les réflexions, les cris et les crises de Salomon.

Chaque mercredi, Déborah demande à l'enfant comment s'est passée sa séance. Elle ne peut pas prendre la place de sa mère, elle le sait bien, mais elle aimerait, pourtant. Oh oui, elle adorerait rencontrer le docteur Piekarski, échanger avec lui et lui rapporter ce qu'a dit et fait Salomon pendant la semaine, ce qu'elle tente malgré tout par l'intermédiaire de Pierre à qui, chaque semaine, elle lance d'un air innocent, avant qu'il ne parte pour Juvisy : « Ah, au fait, mon cœur, tu n'oublieras pas de raconter au médecin ce qui s'est passé à table/à l'école/dans la rue/au square/avec le rabbin Myriam, n'est-ce pas ? Je suis sûre que ça intéressera beaucoup le docteur Piekarski. » Et elle sait que Pierre racontera car il veut lui aussi que les choses avancent, que son fils aille mieux, mais ce ne sera pas comme elle, malheureusement. Ce ne sera pas avec ses mots, pas avec son recul, et Déborah, condamnée à regarder et attendre sur la touche comme un joueur blessé qu'elle n'est pas, ne peut que le regretter.

Chaque mercredi, c'est en effet l'impression qui la domine, celle du banc de touche. Et qu'elle se trouve en rendez-vous dans une boîte de production ou au rayon lessive chez Carrefour, elle a toujours le sentiment que quelqu'un l'a mise sur pause. Elle ne peut plus se concentrer sur rien, ni penser à autre chose que cette séance. Alors elle attend, fébrile et excitée, que Pierre l'appelle pour lui faire le compte-rendu de ce qui s'est dit.

Pierre ressort essoré de ces séances. À cause de l'environnement – la confrontation avec les autistes – mais aussi parce que Piekarski le fait parler lui autant que son fils, et ainsi, de semaine en semaine, Pierre évoque beaucoup sa propre enfance, ses parents, leur maison qu'il n'a toujours pas réussi à vendre et les nuits qu'il y passe encore quand il est à Calais. Il a expliqué au médecin qu'il avait mis ce système en place dans un souci de commodité depuis qu'il était bénévole pour le Secours catholique afin d'arriver dès l'aube sur le site de la jungle. Le discours était très rationnel, tout se tenait, et puis tout à coup Pierre a réalisé que l'histoire pouvait se raconter autrement, être aussi celle d'un homme de quarante-cinq ans qui a trouvé le moyen, un jour par semaine, de continuer de vivre chez ses parents, et une bouffée de larmes lui est montée aux yeux.

En ce qui concerne Salomon, il ne sait pas trop quoi dire. Les choses avancent mais un peu de travers et par étapes, à la manière d'un crabe. L'enfant ne veut toujours pas ôter son cartable, cela chagrine Pierre. Il est également très souvent par terre, dans un coin de la pièce à jouer aux Lego comme un gamin de trois ans alors qu'il va en avoir onze, ou alors assis avec eux au bureau à réaliser des dessins très sommaires, puis subitement il relève la tête et il dit :

– Si on ne désire pas un enfant, je veux dire, si on refuse qu'il naisse, on ne peut pas le perdre, n'est-ce pas ?

Pierre se demande si Salomon a compris qu'il n'avait pas été désiré, s'il est au courant que ses parents à lui ont perdu un enfant : son frère aîné, qui est donc son oncle. Pierre ne lui en a jamais parlé. Il n'a rien dit non plus de ce frère disparu à Déborah. Pour quoi faire ? C'était il y a si longtemps… La seule chose qu'il lui rapporte, à la fin de chaque séance, comme pour lui demander d'aimer son fils, c'est ce que le médecin lui a expliqué concernant ses crises : il ne faut surtout pas lui crier dessus, ni le punir, ou même tenter de le raisonner. Cela ne sert à rien. Quand il est en crise, les mots sont inutiles, Salomon ne les entend pas. La seule attitude à avoir est physique : il faut le prendre dans ses bras et le serrer contre sa poitrine. « Mais le serrer vraiment, tu vois, presque le ceinturer. » Déborah acquiesce, « D'accord, je le ferai », mais chaque fois elle pensera *le ceinturer comme un forcené.*

– Qu’as-tu fait de ton frère ? demande la rabbine.

Silence. Elle répète :

– *Qu’as-tu fait de ton frère ? La voix des sangs de ton frère s’élève, jusqu’à moi, de la Terre !*

Et Léo rit :

– Mais enfin, Myriam, vous savez bien que je n’ai pas de frère ! Je suis fils unique. Le fils unique et adoré de mes parents, place que je n’échangerais pour rien au monde !

– Sais-tu qui on appelle comme ça dans la Bible ? Le fils unique ?

– Non…

– Jésus ! Tu viens donc de dire : *Je suis Jésus.*

– Ben, tout le monde dit bien *Je suis Charlie,* pourquoi je ne pourrais pas dire *Je suis Jésus* ? *Hashtag Je suis Jésus*, ça le fait, non ?

– Arrête de faire le pitre ! Et reprends ta lecture.

– En hébreu ?

– Évidemment, en hébreu ! Et en chantant, en plus.

Déborah ne peut pas voir le visage de Myriam Barnazy, mais dans la cuisine où elle se tient, l'oreille collée au mur mitoyen du séjour qui les accueille chaque jeudi, elle l'imagine aisément sourire, sous le charme de ce grand gaillard à peine sorti de l'enfance et dont la voix, hilarante de variations, tente désespérément de venir à bout du chapitre 4 de Berechit. Mais comment, en pleine mue, y parvenir ? L'air manque au bout de deux phrases et c'est l'asphyxie. Myriam conseille à Léo d'aller plus lentement, il n'a pas de train à prendre, Léo acquiesce et reprend, mais très vite il s'arrête à nouveau, la voix comme une voiture dans le décor.

– J'y arriverai jamais !

– Mais si. Seulement tu n'ouvres pas assez tes poumons, regarde comme tu te tiens. Le jour de ta bar-mitsvah, il faudra que tu lises ta paracha en entier et dans sa continuité, Léo, alors vas-y, redresse-toi, ouvre ta cage thoracique et emplis tes poumons d'air, sans quoi tu finiras étouffé avant même qu'Abel soit tué par son frère Caïn !

– Et pourquoi on s'arrêterait pas à cette mort, en fait ?

– S'arrêter au premier meurtrier de l'humanité ? Avec tous ceux qui sont venus ensuite, ce serait un peu idiot…

– Non, pas au premier meurtrier, au premier mort ! Moi, je me place du côté des victimes, je suis quelqu'un de bien ! Non, mais sérieusement ? Ce serait un film et le personnage viendrait à mourir, y aurait plus rien, après.

– Léo !

– OK, pardon. J'arrête.

– Non, tu continues !

– Oui, pardon, je continue ! Mais j'sais même pas comment il est mort, moi, Caïn… Avec quoi Abel l'a tué ?

Déborah, dans sa cuisine, sourit à nouveau. Elle aime l'idée que son fils interroge le texte, c'est d'ailleurs dans ce but qu'elle a choisi cette femme étonnante, une des deux seules en France à avoir été ordonnée rabbin et dont elle savait, pour avoir lu ses livres, qu'elle pourrait répondre aux questions sans fard de son fils.

– C'est une bonne question, dit-elle justement. Eh bien, on ne sait pas avec quoi Caïn tue Abel puisque le texte ne donne aucune indication à ce sujet. Mais les commentateurs nous éclairent. Certains pensent que Caïn a tué son frère « à mains nues », d'autres « avec une mâchoire d'âne », qui est aussi l'arme avec laquelle Samson tue les Philistins. D'autres penchent plutôt pour une pierre, et d'autres pour une sorte de gourdin, ou de hache. Tu vois, on peut imaginer un tas de choses. C'est notre part de liberté, la lecture.

– Et toi ? Tu imagines quoi ?

Myriam hésite une seconde, comme si elle se demandait s'il était vraiment en âge de le savoir, puis elle lui répond :

– Un couteau. Allez, on reprend ensemble, je t'aide un peu.

Sa voix merveilleuse s'élève alors dans le séjour de la rue de Belzunce et, l'espace de quelques minutes, c'est pour Déborah la même émotion que d'entendre jouer du violon au détour d'une rue. C'est l'enfance qui remonte, et avec elle le visage délavé de ces vieux parents qu'on installait dans des crapauds de velours les soirs de Kippour et de Roch Hachana, des oncles, des tantes, des rescapés sans famille qui ne voulaient surtout gêner personne mais qui étaient bien contents d'être là, et qui remerciaient en yiddish pour le gâteau au fromage dont ils espéraient qu'on leur ferait un doggy bag. On sonne à la porte. Déborah sursaute, serait-ce Salomon ? À la manière dont la personne garde le doigt enfoncé sur le bouton, Déborah le craint mais cela l'étonne, ils sont en semaine B, Salomon devrait donc être chez sa mère comme Léo retournera chez Driss une fois son cours terminé – aucune raison qu'il vienne ici.

Elle ouvre et le trouve sur le palier.

– Salomon… Mais qu'est-ce que tu fais là ? demande-t-elle. Tu n'es pas chez ta mère ?

– Ben non. Si je suis là, c'est que je ne suis pas chez ma mère ! Y a la rabbine ?

– Pardon ?

– La rabbine de Léo, elle est toujours là ?

– Oui…

– Parfait. Je vais attendre la fin de leur cours, alors. Je voudrais lui poser une question.

– Quelle question ?

– T'es de la Gestapo ?

Salomon se glisse à l'intérieur et prend la direction de la cuisine, laissant Déborah seule à son désarroi. « Je vais pas tenir, murmure-t-elle. Je vais pas y arriver, je vais finir par le tuer. » Quand elle le retrouve, Salomon s'est servi un verre de lait dans lequel il a déjà trempé les lèvres. Le lait, la boisson qu'elle déteste le plus au monde. Il en a sur la moustache et le regarder est déjà une épreuve. Il s'est installé à la petite table en formica près de la fenêtre, a sorti un paquet de Prince, des madeleines, du chocolat Milka, et il se balance en la défiant du regard, les trois pieds de son tabouret ne touchant plus le carrelage.

– Pourquoi tu te comportes comme ça ? lui demande-t-elle, mâchoires serrées.

– Quoi ? J'ai rien fait. Je prends mon goûter…

L'insolence fait grimper d'un cran sa colère comme la chaleur le mercure dans un thermomètre, et il lui faut toute la force du monde pour se retenir de le gifler. Elle ne veut pas lui dire un mot de plus. Elle sait que ça ne servirait à rien, qu'à cet instant il la hait et qu'elle ne l'aime pas beaucoup plus. Elle lui demande simplement s'il a prévenu sa mère qu'il venait ici. Elle ne veut pas d'histoires avec sa mère.

– Non, répond-il.

– Alors tu le fais. C'est sa semaine, tu es sous sa responsabilité.

– T'as peur d'elle ? T'as peur qu'elle t'engueule ? Elle s'en fout, tu sais. Elle est même pas là, t'façon.

– Ce n'est pas la question, Salomon. Tu dois dire où tu es.

– Eh ben toi, tu le sais, où je suis ! Tu le sais ! Alors c'est bon, arrête de me saouler !

Les yeux de Déborah s'embuent de larmes comme ceux d'une petite fille, elle ne peut rien y faire et, sans doute par pitié, il lui lance cet os à ronger :

– Je pose ma question et je rentre chez ma mère, ÇA TE VA ?

Dans la pièce d'à côté, Myriam a cessé de chanter. Elle revient sur le dernier verset lu, celui qui dit *À la porte, le péché est tapi. Vers toi ira son désir et toi, tu pourras le dominer*, et elle explique à Léo que la violence n'est jamais la faute de l'autre, mais une caractéristique intrinsèque de l'homme – voilà la grande leçon à retenir du premier meurtre de l'histoire humaine, qui est, précise-t-elle, un fratricide. Léo demande alors ce que signifie *intrinsèque* et, de l'autre côté du mur qui les sépare, Salomon lui répond :

– Qui lui appartient. Qui est dans sa nature. Ainsi, comme on dit « l'homme est un mammifère », on pourrait dire « l'homme est violent » – et la douceur avec laquelle il prononce le mot « violent » terrifie Déborah.

À la fin du cours, alors que Myriam Barnazy renfile son manteau, Salomon s'approche d'elle et, avec la courtoisie d'un petit paroissien de Saint-Nicolas-du-Chardonnet, il lui dit :

– Bonjour-madame-Barnazy-comment-allez-vous-aujourd'hui-vous-allez-bien ? Je suis désolé de vous importuner, mais j'ai oublié de vous poser une question la semaine dernière, et depuis, elle me trotte dans la tête. Vous êtes bien rabbin ?

– Oui…

Cela semble le surprendre.

– Mais vous êtes juif ?

– Juive, corrige Myriam. Pour une femme, on dit *juive*. Pas juif.

Léo se moque :

– Tu t'es cru dans *Rabbi Jacob* ou quoi ?... Et ton oncle rabbin qui vit à New York, il est juif aussi ?

Salomon n'a pas vu le film de Gérard Oury, il ne comprend pas la blague de Léo.

– Mon oncle, répond-il en serrant les mâchoires, il habite Orange. Et il est pas juif. Personne est juif dans ma famille à part mon père. Même moi, je suis pas juif, je vous l'ai déjà dit, mais puisque vous, vous l'êtes, ajoute-t-il en s'adressant à Myriam, pourquoi vous ne portez pas de perruque ? Hein, pourquoi ?

Myriam, gênée, lâche un petit rire étouffé avant de répondre très simplement :

– Eh bien, parce que j'ai décidé de ne pas en porter. Voilà tout.

– Oui, mais ça, ça n'est pas possible, s'emporte Salomon, parce qu'il y a des lois, voyez-vous, alors si vous êtes bel et bien juive comme vous le prétendez et qui plus est rabbine, vous ne pouvez pas avoir l'impudeur de vous balader, comme ça, les cheveux à l'air. Je me suis renseigné, vous savez. Il y a des livres de religion dans mon CDI, et dans ces livres que j'ai lus, il est écrit qu'une femme juive – même pas rabbin, hein, juste juive – doit mettre une perruque. Vous devez vous couvrir la tête, c'est comme ça. C'est la loi.

Déborah et Léo se regardent, sidérés, mais Myriam, elle, ne se démonte pas et, comme si elle se trouvait à la Tebah de la plus grande synagogue libérale d'Europe, la voilà qui explique à Salomon que non, elle ne se couvrira pas la tête parce que cette loi n'a selon elle rien de divin, elle n'est qu'une règle patriarcale de plus émanant d'un pouvoir dont les hommes veulent demeurer les seuls à jouir, et que ce n'est pas aux femmes de disparaître de l'espace public, que les femmes ne constituent en rien un danger pour la société, qu'il faut maintenant en finir avec cette idée-là, avec cette peur ancestrale et totalement infondée du féminin. Et quand Myriam Barnazy dit cela, ce n'est plus au jeune enfant qu'elle s'adresse, c'est à tous les hommes qui officient comme elle et qui refusent de la reconnaître.

– Peut-être, dit Salomon, mais moi, je n'ai pas peur. Je n'ai pas du tout peur de vous !

Le fils de Pierre a cette voix fébrile, haut perchée que Déborah a appris à reconnaître au fil du temps et qui précède généralement ses crises. Il a le regard noir aussi, quelque chose dans le corps qui a changé, une agitation interne, et comme s'il avait déjà pété les plombs, Déborah fait ce que Pierre lui a dit : elle se jette sur lui et le serre fort, très fort dans ses bras jusqu'à la ceinture. Alors Salomon hurle :

– Tu me touches pas ! Tu me touches pas !

Il ne comprend pas ce qu'elle fait sur lui. Il se débat, cela dure quelques secondes à peine mais une éternité dans son esprit, et lorsque enfin il se libère de son étreinte, sa peur est telle qu'il lui balance le premier objet venu, un luminaire. L'objet tombe sur son pied. Déborah pousse un cri. Tout se fige alors, puis Myriam se baisse pour tenter de calmer la douleur mais Léo, lui, reste dans l'encadrement de la porte, incapable de bouger ou de dire un mot. Il est comme devant un écran de cinéma, saisi, et sa mère qui gémit à terre, une actrice.

Personne ne sait comment les choses ont démarré. Sans doute est-ce encore une bêtise à l'origine, un bruit qui dérange, des affaires qu'on ne retrouve pas, un gâteau qu'on ne veut pas partager, et à l'arrivée le garçon se prend un coup de couteau dans le ventre. Ou peut-être dans l'artère fémorale, les versions divergent depuis ce matin, mais ce dont tout le monde est sûr, c'est que la victime a perdu beaucoup de sang, il en reste de vilaines traces à l'endroit où l'attaque s'est produite. Pierre les a vues dès qu'il est arrivé sur le site. À 7 h 30 du matin, une bénévole l'a conduit sur les lieux et c'était déjà le branle-bas de combat, les associations étaient sur le pied de guerre pour tenter de faire venir la police, préserver cette scène de crime si crime il y avait au bout du compte, et décider d'un plan d'attaque pour en finir avec ces rixes. Depuis que la météo a permis une reprise des traversées de la

Méditerranée, les bagarres sont devenues quotidiennes. Elles éclatent partout, tout le temps, pour n'importe quel différend, et maintenant la peur se lit sur les visages, sur ceux des mères surtout qui n'osent même plus laisser jouer leurs enfants, et Pierre se demande comment retrouver Berutu dans ce capharnaüm.

Ce jeune Érythréen, dont il a porté la demande d'asile quelques jours plus tôt devant l'OFPRA, le hante. Il n'est pas tranquille avec ce môme. Il le soupçonne d'avoir signé son papier uniquement pour avoir la paix, mais craint que le soir même il se soit glissé sous un camion ou, pire, ait eu l'idée de traverser la Manche à la nage comme dans *Welcome.* Il voudrait le revoir pour être certain du contraire, pour lui parler encore, lui dire que même si sa petite amie est en Angleterre et qu'elle lui envoie tous les jours des textos avec des smileys et des cœurs, jamais les autorités britanniques ne lui accorderont de visa. Il faudrait pour cela qu'il soit mineur et qu'il puisse prouver de manière irréfutable qu'un membre de sa famille l'attend en Angleterre, or des cœurs et des smileys ne prouveront rien à l'administration. Ils ont passé tout un après-midi ensemble. Berutu a raconté à Pierre son interminable voyage depuis la corne oubliée de l'Afrique, et Pierre a fini par le convaincre de signer une demande d'asile en lui disant qu'il ne pouvait pas se présenter à sa future femme dans cet état, qu'il devait d'abord prendre un bon bain, dormir convenablement, se remplumer un peu, et c'est ainsi qu'il l'aura eu, à l'humour, et en lui assurant aussi que, s'il devenait réfugié en France, cela ne l'empêcherait pas, plus tard, d'obtenir l'asile en Angleterre, ce qui était faux, évidemment.

Pierre se demande à présent si quelqu'un ne lui a pas dit la vérité et si, pris de panique, il n'aura pas décidé de tenter sa chance auprès d'un passeur pour rejoindre les côtes britanniques. C'est une éventualité crédible, alors, anxieux, il ratisse la zone B du camp, s'enfonce dans les travées boueuses, fouille les tentes et demande aux Érythréens qu'il croise s'ils n'ont pas vu un de leurs jeunes compatriotes, un mètre soixante-dix environ, cheveux coupés très court, jean brut, doudoune noire, T-shirt rouge floqué *I love London.* Pierre montre à qui veut bien la regarder la photo qu'il a prise de Berutu avec son portable. C'était la semaine précédente, après leur discussion. Le garçon pose devant sa cabane, les jambes et les bras écartés, son corps semblable à un grand X comme s'il venait de marquer un but au foot. En réalité, il bombe le torse pour donner à voir l'inscription sur son T-shirt, et Pierre l'entend encore plaisanter : « Si seulement les douaniers anglais pouvaient avoir de bonnes jumelles ! » La pluie s'est remise à tomber. Pierre n'a pas voulu aller s'abriter avec les autres bénévoles parce qu'il aurait fallu jouer les types détachés, ne pas montrer son inquiétude, et il n'était pas certain d'en être capable. À la place, il a rejoint la plage au bout du camp, là où personne ne vient jamais, et debout dos au vent il écrit à Déborah qu'il n'arrive pas à mettre la main sur Berutu. Il dit que c'est idiot mais que ça le stresse, qu'il se sent responsable de ce môme. Il lui explique que Berutu a été enrôlé dans l'armée d'Afewerki pour un service militaire illimité, qu'il a perdu ses deux parents et trois de ses frères dans la guerre contre l'Éthiopie au début des années 2000, qu'il a ensuite traversé le Soudan, le Sinaï, la Méditerranée, que sa vie entière est un cauchemar mais qu'il possède un sourire grand comme un soleil, et pour le lui prouver, il lui envoie sa photo. Il envoie aussi, juste derrière, une image de la Manche déchaînée, couverte de moutons sous ce ciel gris de Payne de fin du monde – *Qui peut penser braver une mer pareille et ne pas mourir ?*

Déborah reçoit le texto et les deux images mais elle ne répond pas. Elle en veut à Pierre d'être là où il est et, depuis hier soir, d'avoir mal chaque fois qu'elle pose le pied par terre à cause de son boulet de fils. Oui, c'est le mot *boulet* qui lui vient à présent quand elle pense à Salomon. Il lui a donc balancé un luminaire sur le pied. Elle n'en revient toujours pas. Et elle n'éprouve plus que de la haine à son égard. Jamais elle n'aurait cru cela possible. Elle adore les enfants, elle en a toujours eu autour d'elle, mais celui-là est un cas à part, elle pourrait l'étrangler à mains nues si elle s'écoutait. Elle continue de remonter la rue de Rennes puis à l'angle de la rue d'Assas elle s'arrête au beau milieu des gens qui vont et viennent, ressort son portable et à toute vitesse écrit à Pierre que ce n'est pas la peine d'aller s'occuper des migrants s'il n'est pas foutu d'être là pour son propre foyer. *Le bien que ça lui fait...* Elle relit le texto, le trouve parfait, seulement au moment d'appuyer sur la touche *envoi* elle n'en est pas capable. En fait, elle aimerait qu'il comprenne tout seul. Oui, elle aimerait que, de lui-même, il renonce à ces allers-retours puisqu'il a le fils qu'il a. N'est-ce pas ce qu'elle aurait fait, elle, si Léo était si mal et si dur ? L'attitude de Pierre est tellement étrangère à son propre fonctionnement que par moments elle en arrive à penser que Calais est devenu pour lui une excuse, un moyen de fuir, et son ressentiment a atteint un tel niveau qu'elle voudrait le voir rompre avec le Secours catholique. Comment en est-elle arrivée là ? Elle sait l'importance que tient l'engagement dans sa vie, et surtout c'est cela chez lui qui l'a séduite par-dessus tout, cette volonté de changer le monde comme s'il avait encore vingt ans, comme si rien de ce qu'il avait vécu ne l'avait abîmé, ou du moins découragé, et elle voudrait maintenant qu'il devienne un autre ? C'est absurde, mais c'est toujours ainsi que les choses se passent en amour. La raison pour laquelle on tombe amoureux de quelqu'un devient un jour celle qui nous fait le désaimer.

Sans doute Déborah a-t-elle trop de colère en elle pour s'en souvenir, mais lors du premier dîner où ils sont allés ensemble, chez des gens qu'elle lui présentait, il n'avait pas supporté les propos qui s'échangeaient et il avait été physiquement obligé de se lever de table. Elle avait adoré cela. Cette absence totale de cynisme, cette façon très simple et saine de dire à des gens *Nous n'avons pas les mêmes idées, nous ne partageons pas la même vision du monde ni la même conception de la vie, pourquoi voudriez-vous que je perde quelques heures de mon temps si précieux à souffrir en vous écoutant ? La vie est si courte... Au revoir !* La discussion tournait autour des attentats et cette fille en robe à fleurs, en bout de table, expliquait que l'angélisme des gouvernements successifs n'était plus possible, qu'il fallait regarder la réalité en face, admettre une bonne fois pour toutes que ces gens qui affluaient en provenance des pays arabes n'étaient pas que des malheureux, oh ça, non, *pas que*, qu'il y avait aussi en leur sein des combattants de l'EI, ce que le monde savait, *oui,* TOUT LE MONDE, avait-elle répété en pointant le doigt vers un contradicteur imaginaire. Très calmement, Pierre lui avait alors demandé ce qu'elle préconisait, le renvoi de ces réfugiés chez eux sous les bombes ou plutôt la noyade en Méditerranée, et la fille avait haussé les épaules, bu une gorgée de vin, puis, de manière assez attendue, répondu qu'on ne pouvait pas supporter toute la misère du monde. Elle ne savait pas que Pierre intervenait sur le site de la jungle. Il l'avait regardée un moment, plein de mépris, puis il lui avait dit :

– Vous mériteriez d'aller passer une semaine là-bas, de dormir avec ces malheureux qui hier encore étaient médecins, professeurs, comptables. Vous dormiriez sous une tente, au milieu des rats, vous ne pourriez pas vous laver tous les jours et vous seriez obligée de chier accroupie, à la vue de tous. J'aimerais bien, tiens, vous voir chier face à la mer de Calais, votre jolie robe à fleurs retroussée sur le haut de vos cuisses…

Pierre avait laissé sa phrase en suspens infuser le silence de cette assemblée médusée, et ils avaient quitté la table sans demander leur reste.

Ce soir-là, dans le hall, Déborah l'avait sucé derrière le mur des boîtes aux lettres. Elle l'aimait, et elle était fière d'être avec un homme comme lui.

Ce fut également cette nuit-là rue Saint-Sauveur que Pierre apprit à Déborah que son père avait séjourné dans un camp calaisien durant l'année 1942. Il s'agissait de l'un des douze camps de travail forcé du Boulonnais ouverts après qu'Hitler eut décidé de construire le mur de l'Atlantique pour protéger l'Europe de l'invasion alliée. Isaac Tuchman – le père de Pierre – y avait passé dix-huit mois sous le contrôle de l'organisation Todt. Il avait été chargé d'édifier des pieux Rommel en bordure de mer, et comme ses lettres de l'époque en témoignaient, les conditions de vie y étaient terribles, la pénibilité du travail extrême. Cela avait duré jusqu'au 11 septembre 1942, puis la Belgique avait constaté qu'elle manquait de Juifs pour appliquer la Solution finale, et une grande rafle avait été organisée dans le Pas-de-Calais. Isaac avait alors été évacué du camp et mené à la gare de Lens où, sur le quai numéro 1, il avait retrouvé sa famille parmi le demi-millier de Juifs arrêtés ce jour-là. Un train les avait acheminés jusqu'à Lille-Fives, puis à Malines, le Drancy belge, avant qu'ils soient déportés à

Auschwitz-Birkenau. Sur les cinq cent vingt-huit hommes, femmes et enfants de ce convoi, lui et seulement sept autres personnes étaient rentrées.

Pierre avait expliqué à Déborah qu'être le fils de ce père-là obligeait à une certaine responsabilité, et que s'il n'y avait évidemment aucune comparaison possible entre le sort des Juifs pendant la guerre et celui des migrants actuels, imaginer qu'il restait aujourd'hui des camps sur cette Côte d'Opale, et que des femmes, des enfants et des vieillards y vivaient dans la même merde et la même indifférence à laquelle son père avait eu droit était à ses yeux une réalité insupportable.

Pierre a évidemment dit oui à Grégory pour son père. Pour honorer sa mémoire, et même s'il ne l'avouera jamais, chaque fois qu'un bus affrété par la préfecture vient chercher des candidats au statut de réfugié afin de les dispatcher dans les différents CAO que compte la France, et que parmi eux, derrière une valise ou un amas de sacs plastique, Pierre reconnaît le visage d'un homme ou d'une femme qu'il a aidé, ce qu'il ressent vient de tellement loin qu'il en chialerait. Parce que chaque départ est une petite victoire personnelle, une façon de dire à son père *Ne t'inquiète pas, regarde, je me souviens, et je n'accepte pas qu'il en soit pour d'autres comme il en a été pour toi.*

Dix jours avant le 13 novembre, Pierre a signifié à l'État ce refus d'accepter la situation comme une fatalité en portant devant le juge des référés une action conjointe des demandeurs d'asile, du Secours catholique et de Médecins du Monde, dans l'espoir de contraindre la puissance publique à mettre fin au scandale sanitaire. La réalité sur place était devenue intenable. On parlait de onze mille personnes sur le site. Les gens n'avaient plus la moindre intimité, ils se battaient à mains nues pour leur espace vital, manquaient s'entre-tuer à chaque instant et la promiscuité des corps était telle qu'en quelques jours une épidémie de gale s'était propagée à l'ensemble de la jungle. Or les pompiers ne voulaient plus intervenir et des centaines d'individus souffraient de lésions cutanées sans qu'aucun soin leur soit prodigué, d'autres luttaient contre des abcès dentaires, des viroses avec pharyngite, des rhumes, des toux, des fractures du calcanéum, quant à ceux qui la nuit s'étaient lacéré le corps au contact des barbelés entourant le site d'Eurotunnel, ils voyaient leurs plaies s'infecter et ne savaient comment faire baisser la fièvre. En réalité, la jungle n'était plus un camp. Elle était devenue l'antichambre de l'enfer, et le juge, bien forcé de l'admettre, avait sommé l'État de procéder sous quarante-huit heures au recensement et au placement des mineurs isolés en situation de détresse, de créer dix points d'eau et cinquante latrines supplémentaires, d'instaurer un système de collecte des ordures, de nettoyer le site et, enfin, d'organiser une route d'accès pour les soins d'urgence. À défaut de remplir ces obligations dans le temps imparti, obligations que l'ordonnance judiciaire motivait par le fait qu'« il appartient aux autorités publiques de veiller à ce que les droits les plus élémentaires des personnes, constitutifs des libertés fondamentales, soient garantis », la préfecture serait condamnée à cent euros d'astreinte par jour de retard. Étonnamment, la préfecture n'en avait eu aucun.

Cette décision du tribunal administratif avait été pour Pierre une grande victoire. Enfin, il avait obtenu *des choses concrètes*, des douches, des toilettes, des solutions d'hébergement pour des mineurs victimes de viol et de racket, la collecte des ordures. Et si tout cela n'était, il le savait, qu'une goutte d'eau dans un océan, les migrants en avaient malgré tout réellement bénéficié. Un plus grand nombre d'entre eux avaient pu se laver et se soulager dignement, quant aux déchets, ils avaient un temps diminué, de sorte que Pierre aurait voulu aller plus loin, porter d'autres actions devant les tribunaux et, surtout, interpeller les responsables politiques. Il n'avait pas beaucoup de considération pour ces gens-là, mais il les savait seuls en position de mettre un terme à cette situation explosive, intenable pour les migrants mais pour les Calaisiens aussi que cette concentration de violence, de misère et de saleté aux portes de leur ville gorgeait de colère. C'était d'ailleurs ainsi qu'ils avaient nommé leur collectif, « Les Calaisiens en colère », et chaque nuit leurs membres opéraient des rondes sur la route de Gravelines qui menait du camp à la rocade portuaire, régulièrement prise d'assaut par les réfugiés tentant de passer en Angleterre. Ces Calaisiens répétaient n'avoir sur eux qu'une torche et ne poursuivre qu'un but : dissuader par leur présence les migrants qui s'introduisaient dans les jardins des maisons riveraines pour y arracher grillages et palissades, et voler pelles, râteaux ou brouettes qu'ils allaient ensuite incendier et balancer sur le périphérique afin de bloquer les camions en partance vers leur rêve. C'était peut-être exact, mais ces rondes attiraient aussi des identitaires venus de Lille, Dunkerque ou Boulogne, dont le seul désir était de casser du migrant, et qui ne se gênaient pas pour tirer sur eux comme sur des canards, au flash-ball. Comment la situation pouvait-elle tenir ainsi ? Comment, au regard du niveau de haine et de violence atteint, ne se réveillait-on pas chaque matin avec dix, vingt, trente morts sur les bras ? C'était un miracle. Pierre l'avait dit au président de région et aux députés venus leur rendre visite sur le site, le lendemain de la décision du tribunal. Il n'avait pas mâché ses mots. Et il leur avait fait peur, ça s'était vu dans leur regard, dans la crispation de leurs mâchoires, au point que deux des députés lui avaient tout de suite proposé une rencontre. Une date avait été prise, le 27 novembre, et un rendez-vous fixé à leur permanence, mais finalement celui-ci avait été annulé pour cause de deuil national, et ensuite personne n'avait jamais relancé personne. Les élus avaient eu d'autres chats à fouetter – le congrès réuni à Versailles, l'état d'urgence, la déchéance de nationalité. Quant à Pierre, il s'était laissé embarquer dans le tourbillon de sa vie privée et l'emménagement rue de Belzunce, il n'avait pas remis les pieds à Calais avant le début de l'année 2016.

Le 29 février avait eu lieu le démantèlement partiel de la jungle, celui de la zone sud, la plus peuplée du camp. Pierre y avait participé. Il s'était même retrouvé en première ligne quand ce jour-là, en début d'après-midi, pour riposter contre les bulldozers qui détruisaient les abris à l'aveugle sans distinguer ceux qui étaient encore occupés de ceux qui ne l'étaient plus, un départ de feu déclenché par des militants No Border avait à son tour entraîné gaz lacrymogène et canon à eau du côté des CRS. Ç'avait été une journée rude. Beaucoup d'enfants avaient vu les flammes lécher ce qui avait été leur maison pendant plusieurs semaines, voire plusieurs mois, et ils en avaient été profondément choqués, mais bon an mal an l'opération d'évacuation avait été menée à bien et au bout de trois jours, le camp comptait cinq mille personnes de moins.

Six semaines plus tard, Pierre a la sensation d'un retour à zéro. De nouveaux visages en provenance d'Irak, de Libye, de Syrie, du Soudan, d'Éthiopie, d'Afghanistan et d'Érythrée sont venus repeupler le site et le problème n'est plus de les nourrir ou de les soigner, mais d'empêcher qu'ils s'entretuent. Quel est le visage, l'âge, le nom de celui qui s'est fait agresser au couteau cette nuit ? Les médecins aux urgences de l'hôpital ont-ils réussi à le sauver ? Si Pierre était croyant, il prierait sans doute. À défaut, il regarde la mer à l'horizon et c'est à cet instant qu'il reçoit par texto des informations de Grégory : *Il paraît que le jeune qui s'est fait planter est mort. Je tiens l'info d'Utopia 56. Apparemment, c'est un de leurs gars qui a conduit la victime cette nuit à l'hôpital. Une marche s'organise vers le centre-ville pour dire qu'on n'en peut plus. T'es là ? Tu nous rejoins ?*

Oui, bien sûr, écrit Pierre. *J'arrive tout de suite.*

Quand Pierre arrive à l'entrée du camp, la foule l'impressionne. Près de deux mille personnes sont massées là, à attendre le signal pour s'engager dans le chemin des Dunes. Il n'y a que des hommes – pas de femmes, pas d'enfants – et, disséminés ici et là, une ou deux centaines de militants d'associations diverses – NPA, Solidaires, No Border. Pierre se hisse sur le marche-pied d'une caravane, un peu en retrait, pour apercevoir Grégory, et finalement le retrouve au moment où le cortège s'ébranle, à la queue du rassemblement, entouré des autres membres du Secours catholique. Des bénévoles de Médecins sans frontières et de l'Auberge des Migrants sont là aussi. Certains ont sorti les banderoles, d'autres des mégaphones, quelques journalistes sont déjà présents pour leur tendre un micro, et si tous disent la colère, le ras-le-bol, l'inquiétude, au fond l'ambiance est plutôt joyeuse, de cette joie qui vous prend quand vous réalisez la force d'être en nombre.

Celle des CRS, à l'entrée de Calais, y met un terme définitif. Leur présence était pourtant attendue et parfaitement normale au regard de la tension qui règne dans la ville, mais l'atmosphère s'en trouve modifiée ici, comme si, avec eux, chacun visualisait la frontière tracée entre la jungle et la ville, entre le monde d'avant la civilisation et celui d'après, et qu'au-delà de cette limite les manifestants prenaient conscience de pénétrer un territoire qui n'était plus le leur. C'est un territoire aux rues désertes, aux volets clos, une ville fantôme évoquant un décor de film d'anticipation où la peur transpire de partout, suinte des murs gris, remonte des jardins sans fleurs et se propage de parcelle en parcelle à la manière d'un gaz toxique, donnant le sentiment inquiétant qu'un jour prochain elle pourrait bien empoisonner le pays entier.

Pierre aperçoit un premier visage au balcon d'une fenêtre. Puis un autre. Et encore un autre. La stupeur qui se dégage de tous ces regards le marque : on dirait des gens qui assistent au scénario catastrophe d'une invasion. Sont-ils à ce point terrifiés ? Il aimerait tellement les voir quitter leurs retranchements… Ils ne veulent pas de cette jungle ? Ils réclament sa fermeture parce que les étrangers qui l'habitent les incommodent ? Ils se sentent menacés ? Agressés ? Très bien. On ne leur demande pas d'être des humanistes, simplement de sortir de leur maison. S'ils veulent en finir avec ce camp, ils n'auront de toute façon pas le choix. Ils devront bien se joindre à la foule, mêler leur voix à celles de ces malheureux, scander leur ras-le-bol, mais pour une fois le scander avec et non pas contre, parce que avec ils seront plus forts, parce que ensemble, personne ne pourra ni les instrumentaliser ni les montrer du doigt, et qu'ils n'aient pas compris cette évidence, ce b.a-ba du combat contre le pouvoir en place laisse Pierre dans un état de découragement avancé. Combien de temps perdront-ils leur énergie à se dresser les uns contre les autres ? À nourrir leur colère et leur haine ? Pierre doit sans doute encore se poser la question lorsqu'il est pris dans un mouvement de foule. Il ne sait pas pourquoi, les gens en tête de cortège se sont mis à crier, produisant un grondement inquiétant, et Grégory a disparu. Il continue d'avancer. De toute façon, que peut-il faire d'autre ? À droite comme à gauche, la rue est bordée de maisons et derrière lui se tiennent les escadrons. La rumeur monte. Pierre progresse tant bien que mal d'une cinquantaine de mètres, puis aperçoit des morceaux de caoutchouc voler dans le ciel. Ce sont des pneus de vélos que les migrants lancent sur les riverains, mais il ne le comprend qu'en découvrant l'un d'eux, dans son jardin, une carabine en travers de son ventre distendu. Oui, le type a sorti une carabine, et il va peut-être tirer sur la foule. Peut-être. Cela dépendra du degré de sa peur, qui elle-même dépendra de la distance que respecteront les manifestants. Certains se trouvent déjà tout contre sa haie, et lorsque Déborah découvrirait cette image le soir au 20 heures, elle se demanderait, horrifiée, si Pierre ne s'est pas fait descendre par un de ces « Calaisiens en colère ». Cette idée morbide lui traverse l'esprit car Pierre devait rentrer à Paris en fin d'après-midi et à l'heure du journal Déborah est toujours sans nouvelles de lui. Elle a tenté de le joindre sur son portable, mais elle a chaque fois été redirigée vers sa messagerie. Elle ne sait absolument pas où il se trouve.

– Oui, j'aurais pu tout à fait me faire buter par ce type, lui dirait Pierre le lendemain avec une légèreté qu'elle n'apprécierait guère, et ça n'aurait pas été plus improbable ou plus absurde que de mourir un vendredi soir rue de la Fontaine-au-Roi.

Pierre dit vrai, il aurait pu se faire tirer dessus, mais, grâce lui soit rendue, ce jour-là à Calais, une femme réussi par la seule force de ses mots à faire retourner le type au fusil dans sa maison. Était-elle son épouse ? Sa mère ? Sa compagne ? Déborah a regardé plusieurs fois le reportage du 20 heures par la suite, elle n'a jamais réussi à trancher. Elle n'a pas deviné non plus ce que cette femme a pu dire à cet homme pour le calmer. Elle aurait aimé, pourtant. Elle aurait retenu les mots, la formule, et elle l'aurait ressortie à Salomon avant qu'il ne lui rebalance un autre luminaire sur le pied ! Mais peut-être n'y a-t-il pas de mots venant d'elle qui puissent calmer cet enfant…

Pierre était sur place et il n'a rien entendu non plus. Sur le moment, tout est allé si vite qu'il n'a pas perçu le risque. Il n'en a pris conscience que plus tard dans la soirée, une fois la nuit tombée et les manifestants tous dispersés, alors qu'il se trouvait dans la maison cossue de Grégory, hors de tout danger, un verre de chablis à la main. Pierre n'avait pas prévu d'aller chez son ami médecin après la marche. Il devait se rendre directement à la gare pour prendre un train et rentrer à Paris, c'est ce qu'il avait annoncé à Déborah, mais il avait retrouvé Grégory au milieu des échauffourées sur la place d'Armes et celui-ci l'avait embarqué de force, il ne voulait pas qu'il se prenne un mauvais coup ou qu'il perde un œil, cela était arrivé à un gars d'Amnesty au cours d'une distribution de nourriture. Grégory n'habite pas loin de la place, dans une des petites rues donnant sur la tour du Guet, aussi sa maison a-t-elle servi de repli à d'autres bénévoles au point qu'à la fin ils étaient pas moins d'une trentaine dans son salon. Quelqu'un est allé chercher des pizzas, d'autres amis sont arrivés, ils ont mangé un morceau, échangé sur leur expérience de l'après-midi, descendu plusieurs bouteilles, puis, sous l'effet de l'alcool ou du rire un peu trop gras d'un élu local, Pierre a entendu les coups de feu qui l'après-midi n'étaient miraculeusement pas partis. Oui, il les a entendus comme si le type à la carabine se tenait dans la pièce, et il a visualisé les corps des convives à terre mais aussi ceux des migrants, un grand mélange des genres, une panique générale, des cris, des coups, de l'hystérie et, à la fin, le lynchage de ce couple de Calaisiens que leur jolie haie bien taillée n'aurait plus protégé de rien, lui désarmé de son fusil de chasse et elle de ses mots – *la guerre*. C'eût été un scénario possible. Les choses s'étaient jouées à rien et, de longues minutes, Pierre se demande comment les gens qui l'entourent peuvent ne pas s'en rendre compte, ou ne pas s'en alarmer et conserver ainsi leur belle insouciance.

La vision du Calaisien au fusil arrosant le salon de Grégory persiste un moment, mais le bruit que Pierre entend n'est pas celui d'une arme de chasse, c'est le *tac-tac-tac-tac-tac-tac-tac* d'une kalachnikov, si bien que, l'espace d'une seconde, il perd pied, il ne sait plus où il est. Il regrette d'avoir tiré sur le joint qu'on lui a tendu. Il n'a jamais supporté l'herbe, il le sait, cela le rend paranoïaque. Il ferme les yeux. Des gens rient au-dessus de lui, ou peut-être à côté, comment font-ils pour rire encore, tous ces gens pris dans le même piège que lui ? Pierre dérive, s'enfonce, s'endort un peu, puis le souvenir de Berutu le réveille et il se rappelle qu'il ne l'a pas retrouvé. Il se rappelle aussi, en tâtant la poche vide de son jean, qu'il a mis son portable à charger dans une des chambres de la maison, mais quelle chambre ? Cela lui prend un bon quart d'heure et quand enfin il rallume son téléphone, les messages de Déborah affluent : il n'en est pas un pour lui laisser la possibilité de croire qu'elle ne lui en veut pas.

Je suis désolé, lui écrit-il. *Je n'avais plus de batterie pour te répondre. Comme tu as dû le voir aux infos, la situation est un peu tendue par ici. Et j'ai raté mon train. Mais ne t'inquiète pas, je prendrai le premier qui part demain. J'espère que tout s'est bien passé ce soir avec Salomon. Je t'embrasse.*

Pierre renfile son manteau en se demandant si, à coups d'actes manqués, il ne serait pas capable de saboter son histoire avec la seule femme qu'il ait jamais aimée. Comment a-t-il pu rater ce train et laisser Déborah un deuxième soir seule avec son fils, alors que la veille elle lui a rapporté l'attitude insensée que Salomon avait eue avec la rabbine, et le luminaire qu'il a fini par lui jeter sur le pied ? Il pourrait se maudire, s'il savait comment.

Quand il regagne le salon, Grégory est en pleine discussion avec un homme dont le visage lui dit vaguement quelque chose. Pour ne pas le déranger, Pierre lui adresse de loin un signe de la main, mais le médecin lève le bras et crie son nom :

– Pierre, attends ! Viens là que je te présente Éric Turc, notre député et président du département.

Pierre s'approche, salue le sexagénaire et se souvient alors que l'homme est l'un des deux députés qu'il devait rencontrer en novembre, mais il ne le lui dit pas.

– Éric, commence Grégory, voici mon ami Pierre. J'étais au lycée avec lui. Si jamais un jour tu comptes te séparer de ta femme, n'hésite pas, c'est le meilleur avocat en matière de divorce !

Sinon, il s'occupe aussi, à ses heures perdues, des demandeurs d'asile.

Les deux hommes rient et Pierre fait de son mieux pour les accompagner, puis s'excuse, le sommeil l'attend, il a déjà raté son train pour Paris ce soir, il ne voudrait pas louper celui de demain.

– Mais moi, j'y vais, à Paris, se permet le député. Je pars tout de suite avec mon chauffeur, je vous emmène si vous voulez.

Pierre hésite. Il n'aime pas beaucoup prendre la route, surtout de nuit, mais il se dit qu'il pourra ainsi se glisser auprès de Déborah avant le lever du jour et que, pour cette surprise, elle lui pardonnera peut-être son absence.

– OK, dit-il. Je vous suis.

Les deux hommes quittent le domicile de Grégory Vilain un peu avant 23 heures et traversent à pied la place d'Armes pour rejoindre la rue Royale où la berline du député les attend. Un vent glacial souffle sur la ville. La place est déserte, vierge de toute l'agitation qui l'aura animée en cette journée de colère et de contestation, et sous la tour du Guet, les bronzes du général de Gaulle et de sa femme Yvonne, Calaisienne de naissance, affichent toujours le même sourire serein. Elle, la toute petite femme, est en train de descendre une marche tandis que lui, l'homme de la France libre, lui donne la main. Ils ont l'air déterminé, tous les deux. Ils vont quelque part, c'est évident, et celui qui les observe peut aisément imaginer qu'ils emmèneront la ville et peut-être même le pays avec eux. Telle avait été en tout cas l'interprétation de l'œuvre donnée par le maire de Calais dans son discours d'inauguration, à l'automne 2013. Pierre y avait assisté par un hasard qui l'avait trouvé à Calais car son père rencontrait ce jour-là son oncologue, lequel devait lui donner sans se tromper seulement six semaines à vivre, et comme Pierre se doutait que les nouvelles ne seraient pas bonnes, il avait décidé d'accompagner son père à cette visite médicale. La journée avait été une chute sans fin. Isaac aimait la vie, il ne voulait pas y être arraché, et c'était comme si on l'avait transféré sans transition dans le quartier des condamnés à mort d'une prison américaine. Mais pour rien au monde il n'aurait manqué l'inauguration de la statue du Général et de sa femme sur la place d'Armes. Isaac Tuchman appartenait à cette génération pour qui le Général était tout, plus qu'un héros, un prophète, et quand Pierre se retrouve à ses pieds, c'est à lui qu'il pense, son père tant aimé.

– Putain, les cons… lâche l'élu.

Pierre relève la tête et croit voir des traces de sang sur l'abdomen de la gigantesque sculpture. Il se dit qu'il a décidément trop bu, et trop fumé, puis il recule un peu et constate alors que ces traces ne sont pas du sang mais des mots. Et ces mots disent :

Nik la France.

C'est une soirée de printemps perdue dans l'hiver. Les fenêtres sont ouvertes, le ciel d'une couleur laiteuse, et de la rue monte le léger vacarme des terrasses qui ont fleuri avec le redoux. Léo et Salomon viennent de prendre place à la table de la cuisine, l'un en face de l'autre, quand Déborah leur demande gentiment de retirer le bouquet de pivoines qui est au centre pour pouvoir poser son plat de viande. Salomon s'en charge tandis que Pierre les rejoint et ils commencent à dîner. Le morceau choisi est d'une tendreté incroyable. Les couteaux s'enfoncent dans la chair sans effort, à peine ont-ils besoin de la mâcher que déjà elle fond sous leur palais et tous s'en réjouissent. Très vite, Léo réclame une deuxième tranche. Puis une troisième. Déborah hésite à resservir son fils, « tu vas être malade », lui dit-elle, mais Pierre lui tend lui aussi son assiette, « allez, s'te plaît, on ne peut pas résister, c'est trop bon ». Elle tire de ce compliment une fierté d'un autre âge, se félicitant, en son for intérieur, d'être allée jusqu'à la rue Boulard, dans le XIVe arrondissement, pour acheter ce morceau de choix. C'était là qu'elle allait toujours du temps où elle vivait avec Driss, chez Desnoyer, le seul boucher dont il voulait bien manger la viande depuis qu'il était restaurateur et qu'il avait visité des abattoirs – partout ailleurs, ça le dégoûtait. Mais Déborah ne vit plus avec Driss, désormais, pourquoi donc a-t-elle fait l'effort de traverser tout Paris ? Cela lui paraît suspect, et elle se met alors à regarder cette viande comme quelque chose qui jurerait dans le décor, un vestige de sa vie passée. *Ce n'est pas sa place*, se dit-elle. À l'aide de la fourchette diapason, elle pique tout de même une tranche très fine pour Léo, comme il l'aime, une autre pour Pierre. Salomon, lui, n'en veut plus, et elle va reposer le plat sur le billot derrière elle, à côté du livre d'Hemingway, *Paris est une fête*. Il s'agit de la dernière édition de poche avec la Grande Roue en couverture, celle que les gens déposaient devant le Bataclan et les terrasses au milieu des bougies, des fleurs et des dessins d'enfants pour rendre hommage aux victimes des attentats. Qui a acheté ce livre ? s'interroge Déborah, lorsqu'elle entend un cri étouffé, une expiration violente. Elle se retourne et remarque que Salomon se tient debout devant

Léo. Elle ne comprend pas ce qu'il lui veut, pourquoi il s'est levé. Léo se déporte un peu sur le côté et elle voit un filet rouge s'échapper d'entre ses lèvres. Elle lui dit :

– Léo, mais qu'est-ce que tu fais ? Arrête, c'est dégoûtant !

Il a maintenant la bouche ouverte, les dents rouges, et ce regard mâtiné d'une expression inconnue, à mi-chemin entre la surprise et la panique qu'elle n'arrive pas à déchiffrer.

– Arrête avec tes blagues idiotes ! le sermonne-t-elle, mais il persiste et se met même à rejeter, comme ça, sans effort, des morceaux de chair sanguinolents.

Alors tout va très vite, Pierre pousse un cri d'effroi, Salomon disparaît, et elle découvre le manche d'un couteau planté au centre du T-shirt blanc de Léo, cerclé d'une tache rouge. Cette tache ressemble à un œillet, et cet œillet n'en finit pas de grossir, s'étend sur le coton, le dévore jusqu'à le teindre entièrement. Ça y est, tout est de sang et Léo s'affaisse. Déborah hurle puis se jette sur lui pour extraire l'arme de son thorax. Elle le gifle. Il ne répond pas, déjà sa tête est molle, son corps sans vie, et elle le gifle encore, et encore, de toutes ses forces, en répétant son prénom comme une folle psalmodierait celui d'un Dieu, tandis que Pierre qui la tient maintenant dans ses bras ne lui est d'aucun secours. *Oh mon Dieu, mon Dieu*, continue-t-elle de hurler à son visage, *ton fils a tué le mien*, et c'est à cet instant qu'elle se réveille, en hurlant toujours.

– Hey, Déborah, cool, tout va bien... répète Pierre. Regarde, je suis là, je suis rentré de Calais... Nous sommes dans notre chambre.

Pierre ne la lâche pas, comme dans ce rêve atroce, mais sa présence ne parvient pas à l'en faire sortir tout à fait, et elle demeure plusieurs minutes à sangloter dans ses bras, au bord du malaise. Quand elle recouvre enfin la certitude d'être réveillée, son premier réflexe est d'aller dans la chambre de son fils pour s'assurer qu'il est en vie, qu'il respire normalement. C'est le cas et elle remercie le Ciel, les yeux noyés de larmes.

Elle se dirige vers la salle de bains.

Le tableau des quatre horloges dans le couloir lui indique qu'il est 1 heure du matin à New York, 22 heures à Los Angeles, 13 heures à Hong Kong et 6 heures du matin à Paris – elle a l'impression de flotter entre ces différents fuseaux horaires. La femme qu'elle découvre dans le miroir au-dessus du lavabo l'horrifie : de vilains cernes noirs dessinent des demi-lunes sous ses yeux rougis par les larmes, et ses traits, tirés par l'angoisse, lui donnent un visage de vieille folle. Elle enlève son T-shirt, ouvre le robinet de la douche, se glisse dessous et y demeure un temps inderminé, espérant se purifier de ces images atroces. Quand elle en ressort, elle note que sa cheville a doublé de volume.

De retour dans sa chambre, Déborah trouve Pierre allongé sur le dos, les mains croisées derrière la nuque, inquiet.

– Comment te sens-tu ? lui demande-t-il.

– Je ne sais pas. Choquée.

– Tu m'as fait peur. Je suis rentré en voiture finalement, avec un ami de Grégory, et je venais de me glisser dans le lit quand tu t'es mise à bouger dans tous les sens. Tu gémissais des mots inaudibles, je ne comprenais rien à ce que tu racontais. Et je n'arrivais pas à te réveiller.

– C'était tellement affreux…

– Tu t'en souviens ?

– Oui.

– Tu veux m'en parler ?

Déborah pense *J'ai rêvé que ton fils tuait le mien*, mais elle dit :

– J'ai rêvé qu'un homme tuait Léo.

– Oh, Déborah… s'émeut-il, et il la prend dans ses bras.

Un peu plus tard, elle lui détaille la scène. Elle raconte le manche du couteau fiché dans le thorax de Léo, l'œillet rouge sur son T-shirt blanc qui n'en finit plus de se déployer, le sang coulant poisseux sur ses mains, sa poitrine, au fond de sa gorge, et les éléments sont si précis que pour Pierre cela ne fait aucun doute : Déborah s'est refait le film du 13 novembre, probablement réactivé par l'assassinat deux jours plus tôt d'un couple de policiers à Magnanville, égorgés chez eux devant leur petit garçon.

– Tu sais, lui dit-il alors, nous n'avons jamais reparlé de ce que nous avons vécu ce terrible vendredi soir, mais je crois que c'était une erreur car, même si nous n'avons pas été physiquement touchés, le traumatisme est là. Il l'est pour tout le monde, d'un point de vue collectif, il suffit de demander aux gens où ils se trouvaient le 13 novembre à 21 h 30, au moment des attaques, tu verras que la plupart s'en souviennent, ils pourront dire exactement où ils étaient. Cette mémoire qu'on appelle le *flashbulb memory*, caractérise un événement historique traumatique, mais pour nous qui avons assisté à ce carnage en direct, si je puis dire, qui l'avons vu de nos yeux, les dégâts sont plus grands encore. J'ai lu plusieurs articles ces derniers jours à ce sujet, des interviews de psys, et tous disent que si nous sommes les victimes invisibles des attentats, nous sommes des victimes pleines et entières, parce que nous avons assisté à « l'effondrement de notre fantasme d'immortalité ». Les gens ne savent pas qu'ils vont mourir. Ou plutôt si, ils le savent, mais ils l'oublient, ils n'y croient pas, c'est ce qui rend la vie supportable. Nous, nous avons vu des hommes tomber, et cette insouciance est terminée. Nous portons désormais l'expérience de mort ancrée au plus profond de notre chair, avec un sentiment de danger permanent, la peur vrillée au ventre. Déborah, depuis combien de temps nous n'avons pas pris un café en terrasse, nous ne sommes pas allés voir un spectacle ? Nous avons fait semblant que tout allait bien depuis des mois, comme de bons petits soldats, et maintenant, regarde... Tu te réveilles en état de choc parce que tu as rêvé qu'un homme poignardait ton fils en plein cœur. Tu ne peux pas continuer comme ça. Il faut que tu ailles voir quelqu'un.

Était-ce ce à quoi ils étaient tous condamnés, jeunes ou vieux, enfants de divorcés ou adultes séparés, victime de la violence terroriste ou de celle d'un parent toxique – s'allonger ?

À l'échelle de l'Histoire, la première patiente à avoir été traitée par psychothérapie, Anna O., était une jeune fille. Atteinte de troubles hystériques, elle n'avait été suivie à Vienne par le docteur Josef Breuer qu'en 1880. Avant que cet homme proche de Freud n'inaugure la recherche du traumatisme psychique et de son abréaction grâce à l'effet cathartique d'une prise de conscience verbale, comment les gens s'étaient-ils débrouillés pendant des millénaires ? Avaient-ils tous fini barjots, suicidés, meurtriers ?

Déborah va très bien, elle n'ira voir personne, sinon un orthopédiste qui lui assurera qu'elle n'a rien à la cheville et qui ne comprendra pas pourquoi elle boite malgré tout. À ce médecin, Déborah dira que c'est un enfant qui l'a blessée, l'enfant de son compagnon, et elle aura cette phrase glaçante que l'interne ne pourra pas s'empêcher de rapporter le soir à sa femme :

– Ce gosse n'a que dix ans et il n'est chez nous que la moitié du temps, mais maintenant j'ai peur de lui. Il est là, parmi nous, en liberté, et je sais qu'à tout moment il peut actionner.

Comment avouer cela à Pierre ? Comment lui dire qu'avec les années les choses ne s'arrangeront pas, qu'elles iront fatalement de mal en pis parce qu'un jour son fils deviendra un homme, et il sera plus grand, plus fort qu'eux, mais dans sa tête il y aura toujours cette folie qu'elle a perçue dans son regard à la seconde où elle l'a rencontré, et c'est cette folie qui la terrifie. Seulement, si elle décidait de s'en ouvrir à Pierre, elle sait que ce serait fini. Il lui dirait *Quitte-moi, quitte-nous*. Il n'aurait pas le choix.

– Embrasse-moi, lui dit-il.

Elle tend les lèvres par politesse mais n'en a pas envie, et quand, un instant plus tard, Pierre vient s'allonger sur elle, elle grimace :

– Aïe, attends, pardon, tu me fais mal à la cheville.

La minute d'après, Salomon se présente à l'entrée de leur chambre. Il a frappé trois coups discrets en claironnant « Toc, toc, toc ! » et Déborah sait, à l'intonation de sa voix, que c'est le petit enfant modèle qui a déjà lu tout Dumas et connaît les dates de toutes les campagnes de France par cœur qui va leur apparaître.

– Oui ? dit Pierre.

– C'est Salomon, je peux entrer ? – et il entre, affublé de son cartable et d'un plateau. Bonjour !

– Bonjour, Salomon.

– Je voudrais m'excuser pour l'attitude que j'ai eue avant-hier soir avec Déborah. Je m'excuse, Déborah. Je n'aurais pas dû m'emporter comme ça, et encore moins te jeter la lampe sur le pied. Je suis désolé, mais quand la colère monte, tu sais, c'est comme si c'était quelqu'un d'autre... Comme si ça n'était plus moi... Je t'ai apporté ton petit-déjeuner, tu as faim ?

– Ah, c'est gentil, ça ! s'exclame Pierre, trop heureux de l'initiative. Et à moi aussi, tu as apporté le petit-déjeuner ?

Ils le prennent tous les trois au lit dans une gaieté apparente qui pourrait se photographier et finir dans un de ces magazines que des femmes regarderaient ensuite avec envie, en pensant que la famille recomposée est une chose possible, un modèle de réussite atteignable, mais en réalité Déborah n'y est pas, et voir ce père et ce fils rire ensemble à ses côtés dans l'intimité de son lit ne lui apporte que tristesse et nostalgie, celle d'un temps béni où, avec Driss, elle partageait le bonheur indescriptible de voir leur garçon débarquer dans leur chambre, ou même bien avant lorsqu'il n'était qu'un nourrisson et qu'elle l'allongeait entre eux, sur le dos, pour pouvoir s'émerveiller de ce petit être si parfait qu'ils avaient fabriqué ensemble, l'épicentre de leur univers. À cet instant, Déborah n'entrevoit pas de plus grand bonheur à vivre à deux sur cette terre, et constater que Pierre et elle ne pourront jamais en jouir autrement que seuls, chacun de leur côté du lit avec leur enfant respectif, provoque une solitude qui lui donne envie de quitter la chambre sur-le-champ. Mais comment ? Elle est nue sous les draps et Salomon se trouve à moins d'un mètre d'elle… Elle ne peut pas bouger. Elle ne peut pas lui demander de sortir non plus, il se vexerait, alors, résignée, elle regarde les câlins, les baisers, les rires sous la couette, et elle essaie de ne rien laisser transparaître de son exil intérieur.

Pierre finit par demander à son fils de se préparer, sans quoi il sera en retard à l'école. Salomon ne fait pas de vagues.

– Oui, papa ! dit-il poliment. J'y vais tout de suite.

Il saute hors du lit et sautille jusqu'à la porte de la chambre, puis il s'arrête brusquement, se tourne vers la console sur la droite, prend dans ses deux bras l'énorme lampe en céramique posée dessus et fait encore un quart de tour pour se retrouver face au lit conjugal.

– Salomon, tremble Pierre. Qu'est-ce que tu fais ?

L'enfant met quelques secondes à répondre, puis, flegmatique, il dit :

– Rien. J'aime bien cette lampe, c'est tout.

Et il embrasse la lampe.

Dans la matinée, alors que Pierre est installé à l'arrière d'un taxi le conduisant de son cabinet au Palais de justice, il écrit à Déborah :

Mon amour, viendrais-tu déjeuner avec moi ce midi ? J'ai deux audiences atroces, un type qui s'est retranché en haut d'une grue depuis quarante-huit heures après s'être vu privé du droit de visite et d'hébergement sur son fils, et puis une pauvre fille que le mari accuse d'aliénation parentale sur leurs jumelles et qui a demandé à ce qu'elles soient placées en foyer d'urgence – je crois que si je ne vois pas ta tête entre midi et deux, je risque de désespérer à tout jamais du genre humain et de sombrer dans une profonde dépression. Viens me retrouver chez Paul, place Dauphine à 12 h 30. Pleaaase. Je t'aime, P.

Il n'a pas aimé le cauchemar qu'elle a fait, ni son regard voilé quand ils étaient ensuite tous les trois, au lit avec Salomon. Il a bien vu qu'elle n'était pas là, et il sait qu'elle pourrait ne plus l'être du tout, qu'elle serait capable de prendre ses affaires et de disparaître sans prévenir, sans laisser de trace, après tout, qu'est-ce qui la retiendrait ? Elle était mariée à Driss, elle avait avec lui un enfant et cela n'avait pas suffi à la faire rester. Eux n'ont rien ensemble. Non, rien, sinon leurs sentiments pour résister aux vents contraires de leur vie passée, et jamais la sienne ne lui a paru si douloureuse que depuis qu'il doit en partager avec elle le fardeau. Mais il était tout de même heureux, ce matin, que Salomon se soit excusé. Même si Déborah n'était pas très chaleureuse, même si tout son corps disait au petit qu'elle n'en voulait pas, de son pardon, il était soulagé qu'il fasse au moins le geste, qu'il reconnaisse sa faute, et il le lui a dit quand ils sont descendus tous les deux en ascenseur, se souvenant des conseils du docteur Piekarski – « Encouragez votre fils chaque fois qu'il se comporte bien. Dites-lui que vous êtes fier de lui, félicitez-le. C'est de confiance, d'amour et de sécurité que votre enfant a besoin. »

À 12 h 30, Pierre et Déborah se retrouvent chez Paul, comme prévu, et le serveur les installe au fond du restaurant, à la même table où ils ont partagé leur premier déjeuner seize mois plus tôt, si bien qu'ils se souviennent de ce premier déjeuner et oublient ce qui pourrait les fâcher. C'est l'avantage des jeunes couples, ils ne connaissent pas la rancune. Ou s'ils la connaissent, elle ne dure jamais longtemps car les corps sont là pour la faire taire, et les leurs, connectés sur et sous la table, pieds l'un sur l'autre, genoux et bouches collés, les ont déjà transportés dans un ailleurs. Le serveur prend leur commande. Ils choisissent le même plat et prennent deux verres de vin – ils sont heureux.

Au cours de ce moment volé, Pierre parle d'Éric Turc à Déborah. Il lui confie que c'est avec lui qu'il est rentré de Calais en voiture, et qu'il a été agréablement surpris par le personnage. Il ne s'attendait pas une minute à ce qu'un vieux briscard de la politique dans son genre soit aussi fin, drôle et cultivé. Il est certain qu'elle l'a déjà vu, au moins sur les chaînes d'infos où il est régulièrement invité. Déborah s'amuse de l'insistance de Pierre – *mais si, un grand, gros, la soixantaine, avec une voix grave qui parle comme çau* –, non, vraiment, ce nom ne lui dit rien, et le fait qu'il soit à la fois député et président du conseil général du Pas-de-Calais ne l'éclaire pas davantage.

– Mais comment peut-il être les deux à la fois ? se contente-t-elle de demander. Je croyais qu'on avait voté le non-cumul des mandats.

– Tu as raison. Seulement je te rappelle que les lois ne sont pas rétroactives, mon amour. La mesure ne s'appliquera qu'aux prochaines élections. Et lui a déjà décidé de garder la présidence du département. Il est malin, il joue la sécurité.

– C'est-à-dire…

– Il ne veut pas prendre le risque de perdre les législatives. Il est étiqueté PS, et vu l'état de son parti, je pense qu'il a raison. Même s'il n'aura alors plus de rôle à jouer sur le plan national, au moins il est assuré de rester à la manœuvre localement jusqu'en 2021. Bref, tout ça pour dire que son siège à l'Assemblée est à pourvoir.

– Et…

– Rien.

– On dirait que ça t'intéresse.

– De savoir quel interlocuteur nous aurons demain sur la site de la jungle ? Oui, bien sûr que ça m'intéresse. Les choses se passent déjà tellement mal avec le maire, si en plus on a un député qui ne tient pas la route ! Je ne t'ai pas raconté la dernière du maire ? Elle vient de prendre un arrêté municipal interdisant de marcher sur les pelouses de la ville, comme ça, au moins, pas de migrants ! Ça veut dire que si moi, j'ai envie un dimanche d'aller pique-niquer avec mon môme au parc Saint-Pierre dans le centre de Calais, eh bien c'est niet, je ne peux pas m'allonger dans l'herbe. Je ne peux pas. Voilà où nous en sommes.

– Pierre ?
– Oui ?
– Sérieusement, tu ne veux pas prendre la place de ce Turc ?
Ah, ah, très drôle, Pierre éclate de rire :
– Tu n'es pas bien folle, ou quoi ?!

Sur la place Dauphine, à l'ombre des arbres dont le feuillage laisse filtrer sur eux la douce lumière d'un soleil de printemps, ils s'embrassent comme les jeunes amoureux qu'ils sont. Pierre murmure à l'oreille de Déborah qu'il voudrait un enfant d'elle. Elle rit, de joie ou d'incrédulité, elle ne sait pas bien, mais elle lui dit qu'il est fou, l'embrasse encore et s'en va. Il la regarde s'éloigner. Il a la vague impression qu'elle boite.

Les vacances de Pâques les séparent. Pierre a trop de travail, il ne peut pas partir, et Déborah descend seule avec Léo à Villefranche-sur-Mer dans la maison que ses parents ont achetée au milieu des années 1980, et où elle a passé tous les étés de son enfance. Salomon est resté avec son père à Paris. Pierre l'a inscrit le matin à un stage d'échecs, il déjeunera avec lui tous les jours, et l'après-midi, Violaine, l'étudiante en master de droit qui habite une chambre au sixième étage de la rue de Belzunce, s'occupera de l'emmener au cinéma, au Jardin des Plantes, à la piscine de la rue de Pontoise. Déborah a bien proposé à Pierre de le prendre dans le Sud avec elle, mais il a dû craindre un autre drame et, pour éviter que les rapports se tendent davantage, a prétexté qu'il voulait profiter de son fils, qu'il se débrouillerait pour passer au moins un ou deux après-midi avec lui. Déborah était soulagée. Elle avait proposé par politesse, parce qu'elle s'y sentait obligée, mais au fond elle n'avait aucune envie que Salomon gâche sa semaine en tête à tête avec son fils.

C'est une semaine de calme, de paix, de rires, de liberté, et de grand bonheur. Léo et Déborah sont seuls dans la maison, cette semaine-là, et ils ont la chance d'avoir un temps exceptionnel, un ciel bleu dur comme il n'en existe que sur la côte, des massifs en fleurs partout dans le jardin et puis cette mer étale, argentée et scintillante qui les surprend dès le réveil, quand ils ouvrent les persiennes et que le sol de la terrasse, encore froid de la nuit, les oblige à marcher sur la tranche de leurs pieds, comme des canards. Ils se moquent d'eux-mêmes. Les matins sont longs comme des dimanches. Ils les passent à traîner en pyjama, à contempler l'horizon, à faire un peu d'exercice dans l'herbe fraîche ou à bouquiner au soleil des livres que d'autres ont lus avant eux, vieilles éditions aux pages jaunies et à l'odeur doucereuse d'humidité – *Thérèse Desqueyroux* pour elle, *Chéri* pour lui.

– Hey, chéri, chéri ! lui dit un jour Déborah en plaisantant. Tu ne voudrais pas qu'on se fasse chic et qu'on aille dîner ce soir à La Petite Maison ? – et ça devient son nom pour le reste du séjour, *Chérichéri*.

Cette semaine-là, ils vont se balader à Saint-Jean-Cap-Ferrat, Saint-Paul-de-Vence, La Colle-sur-Loup. Ils marchent le soir sur la promenade des Anglais, achètent des calamars sur le marché du vieux Nice, prennent une glace à la terrasse du Negresco, et dans tous ces lieux ils font des selfies qu'ils envoient à Driss, légendés d'une armada de smileys. *Profitez, amusez-vous bien !* leur répond celui-ci. Un soir, Déborah montre à Léo *Le Fanfaron* et ils pleurent tous les deux à la fin, quand sur cette route en lacets de bord de mer Gassman et Trintignant se tuent en voiture comme Grace Kelly dans la vraie vie. Léo demande à sa mère s'il peut dormir avec elle. Elle dit oui. Les jours suivants, il ne retourne plus dans sa chambre.

Pierre manque à Déborah, elle est heureuse d'entendre sa voix le soir, heureuse quand il lui dit que l'autre jour devant le Palais il ne plaisantait pas, qu'il veut vraiment un enfant d'elle, que ce serait la chose qui le comblerait le plus au monde, mais elle pense qu'elle pourrait vivre à cette distance de lui, seule avec son fils dans cette maison, des jours insouciants, de ces étés qui restent pour elle un paradis inégalable et qui lui semblaient éternels alors, peut-être parce qu'ils possédaient la grâce d'être étanches au chaos du monde et que les jours y coulaient sans conflit, sans heurt, sans drame. Oui, elle pense qu'elle pourrait décider de s'installer maintenant dans cet endroit, au mitan de sa vie, et ne plus rien faire d'autre que profiter de ce qui lui est essentiel, son fils et la beauté inchangée de cette nature luxuriante. Dans cette vie-là, Pierre viendrait les week-ends et elle aussi pourrait passer une semaine de temps en temps à Paris. Ils se donneraient rendez-vous dans des bars d'hôtel, ils déambuleraient l'après-midi aux Tuileries, ils feraient l'amour deux fois par jour et jamais ne se lasseraient l'un de l'autre. Comme ce serait bien…

– Je voudrais qu'elle tombe malade. Je voudrais qu'on lui trouve un cancer du cerveau, qu'elle en souffre atrocement, et puis qu'elle meure.

– Salomon !

– Je le pense !

– Peut-être, mais je ne veux pas le savoir. Tu ne parles pas de ta mère comme ça. Même si tu lui en veux, elle reste ta mère.

Ils sont tous les quatre réunis dans le séjour de la rue de Belzunce – Pierre, Déborah, Léo et Salomon. MdeS a appelé pour dire qu'elle était désolée, mais un contretemps de dernière minute ne lui permettra pas de venir chercher Salomon le lendemain et de l'emmener à Londres la deuxième semaine des vacances de Pâques comme prévu. Pierre se doute bien que le contretemps en question s'appelle Frank ou Matthieu, qu'elle a dû le rencontrer dans une soirée ces jours derniers, et que la propositin d'aller passer le week-end dans un palace à Séville ou Marrakech l'aura plus excitée que la visite des écuries de la reine avec son fils – *on peut comprendre*. Pierre a envie de la tuer, mais il ne dit rien. Parce que, comme il l'expliquera plus tard à Déborah, s'il commence à dire quelque chose, à la juger sur la manière dont elle s'occupe ou plutôt ne s'occupe pas de Salomon les semaines où elle en a la garde, alors par effet de miroir il l'autorise à faire de même. La règle est donc peut-être absurde, mais très simple : ce que fait celui qui a la garde de l'enfant ne concerne pas celui qui, à ce moment-là, n'en a pas la garde.

– Oh, je ne comprends rien à ce que tu racontes ! s'énerve Déborah. Et puis quelle que soit votre règle à la con, ce que je te dis, moi, c'est que pour s'envoyer tranquillement en l'air, cette salope n'a rien trouvé de mieux que de coller ce pauvre môme chez ses parents à Beaucaire alors qu'il ne peut pas les voir en peinture, as-tu entendu ce qu'il a dit d'eux tout à l'heure ?! Qu'ils étaient radins et méchants avec lui, qu'il ne pouvait rien faire quand il était là-bas, rien, même pas jouer dans le jardin sous prétexte qu'il risquerait de rapporter de la terre à l'intérieur, comme quoi, la maniaquerie, c'est de famille, on dirait, et en plus, de ce qu'il a compris, ils votent tous les deux Le Pen – quelle chance ! Pierre, pitié. Je t'ai trouvé un psy formidable, toutes les semaines tu prends quatre heures de ton temps pour emmener ton fils à Juvisy suivre ses séances, quant à moi, j'essaye de prendre un peu de hauteur, de me dire que s'il me déteste au point de me balancer des lampes dessus...

– Il s'est excusé !

– Peut-être, mais il l'a fait ! Il m'a jeté cette lampe ! Tu imagines deux secondes Léo faire une chose pareille avec toi ? Comment réagirais-tu ? D'ailleurs, je ne te parle même pas de Léo qui lui aussi prend sur lui, figure-toi, parce que ce n'est pas simple de vivre la moitié du temps avec quelqu'un qui soit te claque la porte de sa chambre au nez, soit pique une crise de nerfs parce que tout à coup, aux informations, il a entendu qu'un ours s'était fait tirer dessus par un chasseur dans les Pyrénées ! Je sais que ton fils est différent, Pierre, et je mesure ce que sa précocité, ajoutée à la toxicité de sa mère, a de douloureux pour lui, mais justement, tu ne peux pas la laisser l'envoyer dans ce trou et en une petite semaine à peine ruiner tout le travail que nous essayons de faire avec lui depuis des mois pour qu'il aille mieux. Ce n'est pas possible !

– Déborah, c'est sa mère...

– Je m'en fous ! C'est une dingue !

– Et tu crois que c'est un motif suffisant pour que le juge lui retire la garde ? Je fais ça toute la journée. Toute la journée, j'écoute des juges rendre des ordonnances de non-conciliation et des jugements de divorce, je peux t'assurer qu'il faut vraiment que la mère soit toxico au dernier stade ou condamnée au pénal pour se voir privée de la garde de son enfant.

– Eh bien, débrouille-toi pour la faire condamner au pénal, alors !

– Déborah, arrête, maintenant ! Ça suffit ! Que tu le veuilles ou non, elle a obtenu la garde alternée de Salomon, et si, quand elle en a la garde, elle souhaite l'envoyer chez ses parents, en colonie de vacances ou au fin fond de l'Alaska, elle le fait. C'est son droit juridique le plus strict.

– Donc il n'y a que le droit dans la vie ? Les répercussions psychologiques, tout ça, on s'en fout, c'est ce que tu me dis ? Eh bien, tu sais quoi, parfait, qu'il parte chez ses grands-parents qu'il déteste où il passera sa pire semaine de l'année, et surtout n'oublie pas de lui payer le billet en première aller-retour parce que ce n'est pas elle qui le fera, elle est déjà en Toscane au bord d'une piscine, je viens de voir sa page Facebook, à cette idiote ! Après tout, c'est ton fils, Pierre, pas le mien. Tu sais ce que tu fais.

Il fait ce que la mère de son fils souhaite. Dès le lendemain, il met l'enfant dans le train et c'est un drame. Salomon hurle, trépigne, dit qu'il va se jeter de la voiture en marche, au point que l'hôtesse de la SNCF chargée de l'accompagnement des enfants voyageant seuls finit par refuser de le prendre, et Pierre est obligé de faire l'aller-retour Paris-Avignon dans la journée. Le mardi, il part pour Calais. Ce n'était pas prévu, mais ce que lui a dit Déborah sur Salomon l'a trop atteint pour qu'il puisse se retrouver tout de suite en tête à tête avec elle sans lui en vouloir. Il sait pourtant qu'elle a raison, évidemment que son fils est dur, que MdeS est une plaie, et que lui-même ne supporterait sans doute pas le quart de l'animosité que Salomon lui témoigne au quotidien, mais les mots qu'elle a dits sont les mots qu'elle a dits – il ne peut pas les oublier.

En arrivant dans la maison où il a grandi, silencieuse et inchangée comme si ses parents y vivaient encore, vivaient tout court, il repense à ce qu'il a révélé au docteur Piekarski à la dernière séance, alors que Salomon expliquait qu'il ne se souvenait absolument pas de ce lieu – « Il faudrait quand même que j'arrive à vider leurs penderies. » Il ne sait pas ce qui le retient. Il a longtemps dit « le temps », mais maintenant qu'il rencontre toutes ces difficultés à vivre avec Déborah, il se demande si ce n'est pas parce que, inconsciemment, il savait qu'il ne serait jamais capable de vivre avec qui que ce soit, ni avec la mère de son fils, ni avec la femme de sa vie, non, personne, sinon ces gens qui l'ont mis au monde et qu'il avait été si pressé de quitter à dix-huit ans.

Il n'enlève pas son manteau et, son sac à l'épaule, il traverse le vestibule, monte les marches de l'escalier deux par deux pour, comme au temps de son adolescence, se réfugier dans sa chambre sans rien voir des pièces alentour – désormais désertes. Uma Thurman est toujours là, qui le regarde par en dessous sur l'affiche de *Pulp Fiction* punaisée au-dessus de son bureau. Il aime encore bien Uma Thurman, c'est une chance, l'affiche prend de la place, mais plus vraiment l'univers de la boxe, dont les stars de l'époque couvrent le reste du mur – Fabrice Allouche, Rédouane Bougara, Kamel Chouaref. Son portable vibre. C'est Léo qui lui envoie une photo du maillot de l'équipe du Portugal, accroché à un cintre à l'extérieur d'une boutique à touristes du centre de Lisbonne. *Prends-le-moi!* écrit Pierre, touché que le môme pense à lui alors qu'il est en vacances avec son père. *Je le mettrai pour soutenir le Portugal à l'Euro 2016!*

Ils avaient prévu de voir le championnat d'Europe ensemble à Villefranche au mois de juillet avec toute la famille de Déborah, ses parents mais aussi son frère qui rentrera de Chicago où il vit avec sa femme et ses deux filles, mais maintenant, qui peut dire où ils en seront dans deux mois ?

Déborah, seule à Paris, s'interroge elle aussi. Elle en veut à Pierre d'être parti comme ça pour Calais, de l'avoir laissée alors qu'ils avaient prévu de se retrouver à Paris, et de profiter de cette semaine-là pour faire des choses ensemble. Elle veut bien admettre qu'elle a eu des mots blessants, mais rien qui soit faux, ou injuste, et le mercredi matin, n'ayant toujours pas de nouvelles de lui, elle allume son ordinateur en vue de s'acheter un billet Paris-Lisbonne. Elle est convaincue que Driss n'y verra aucun inconvénient et que Léo sera très content. Tous les soirs, ne l'appellent-ils pas en Facetime pour lui montrer un tramway dans une rue pentue, une assiette de *bacalhau*, un chanteur de fado sur le port, et pour rire comme riait la joyeuse famille qu'ils formaient tous les trois, du temps où le couple se désirait encore ? Déborah ne se demande pas si de ce côté-là il pourrait à nouveau se passer quelque chose entre eux. Elle sait que non. Les corps ne trichent pas, et depuis longtemps les leurs n'ont plus rien à s'offrir, mais si elle ne prend finalement pas de billet, ce n'est pas pour cette raison. C'est parce que, pile au moment où elle s'apprêtait à le payer, Fred Vitoux l'appelle et lui donne rendez-vous le lendemain jeudi chez Matsuri, rue Marbeuf, pour parler de son prochain documentaire.

– Puisque je te dis que j'ai trouvé mon sujet, lui dit-elle. Je voudrais travailler sur la violence chez les enfants.

En réalité, elle l'a trouvé à l'instant, et elle est la première surprise de son choix.

– On n'avait pas dit que tu opterais pour un sujet léger, cette fois-ci ?

– *Tu* avais dit cela.

– C'est vrai, concède Fred, et, avec l'enthousiasme qui le caractérise, il ajoute : Mais c'est très bien, très intéressant comme sujet. Tu vas pouvoir aller faire un tour dans les établissements de la PJJ... Tu vas voir, tu vas bien te marrer !

– Inutile, j'ai ce qu'il faut à la maison, répond-elle, et au moment où ces mots sortent, le feu saisit ses joues.

Pourquoi a-t-elle dit cela ? Fred n'est ni un ami ni un professionnel de santé, quel besoin a-t-il de savoir ce qui se passe chez elle ? Ils piochent ici et là quelques assiettes de couleur sur le tapis roulant du bar, des sushis qu'ils avalent en faisant semblant de parler d'autre chose, puis, au moment du café, Fred revient à l'attaque :

– Je ne savais pas que ton fils était violent. Ça me touche beaucoup, parce que je suis passé par là moi aussi, avec le mien.

Déborah voudrait lui dire qu'il se trompe, qu'elle n'a aucun problème avec Léo, que Léo est l'enfant le plus merveilleux de la Terre et que celui auquel elle pensait tout à l'heure n'est pas le sien mais celui de Pierre, « tu sais, Pierre, mon nouvel amoureux depuis un an, tu l'as vu à ma fête d'anniversaire en avril dernier mais nous n'habitions pas encore ensemble ». Fred raconte maintenant l'histoire de son fils, les convocations perpétuelles au commissariat, les gardes à vue, les tribunaux, les rendez-vous chez le juge pour enfants, les visites en centre fermé à des kilomètres de son domicile, et le récit de cette douleur est si chirurgical que Déborah ne trouve aucun interstice pour y glisser le moindre mot. Alors elle écoute, et elle acquiesce.

– C'était l'enfer, poursuit Fred, je me demande comment on a tenu le coup... D'ailleurs, on n'a pas tenu, on s'est séparés, sa mère et moi. Mais je crois que le pire, c'était la solitude. Oui, c'était ce sentiment d'exclusion abominable qu'on ressentait en tant que parents, comme si on avait été les seuls à qui une chose pareille pouvait arriver. Sais-tu combien de mineurs chaque année en France se rendent coupables d'atteinte volontaire à l'intégrité physique de la personne ?

– Non...

– Quarante mille. La majorité à mains nues, ou avec des objets de la vie courante – marteau, ciseaux, couteau, trottinette... Quarante mille, c'est quand même pas rien, non ? Je suis content que tu t'attaques à ce sujet.

Quand ils ressortent du restaurant, une pluie d'été torrentielle s'est mise à tomber. Ils s'abritent un instant sous la petite tente du voiturier, puis le uber de Fred Vitoux arrive, et tandis que Déborah le regarde courir vers la Toyota noire pour ne pas se faire tremper, elle sent son portable vibrer dans le fond de son sac. Le temps de l'en extirper, la pluie a cessé. C'est un message de Pierre. Le premier de la semaine. Déborah a l'impression que son cœur s'est transformé en un petit animal du type furet ou campagnol et qu'il va bondir hors de sa poitrine. Vite, vite, elle déverrouille son écran, touche la pastille verte. Elle découvre alors le mot de Pierre, et l'animal qu'est devenu son cœur se fige – il n'y a plus aucune raison de se réjouir de quoi que se soit. *Berutu est mort*, a écrit Pierre. *Le sang qu'on a retrouvé le matin de la marche, il y a quinze jours, était le sien. Six coups de couteau au thorax, les médecins n'ont rien pu faire. On me dit que celui qui a porté les coups est un Éthiopien du nom d'Ismaël. Il aurait quinze ans tout juste. Un môme... Je t'embrasse comme je t'aime. Pierre.*

Sur le trottoir d'en face, une famille de Roms fait la manche devant chez Zilli. Déborah les regarde un instant, et elle se dit que si cet Éthiopien rentre dans les quarante mille mineurs dont vient de lui parler Fred, cela signifierait que seule la violence aurait le pouvoir d'abolir la distinction établie par une administration entre un migrant et ses ressortissants. Face à la violence, il n'y aurait donc plus ni Français ni étrangers, mais seulement des mineurs coupables d'*atteinte volontaire à l'intégrité physique de la personne*, et Déborah en arrive à la triste conclusion que c'est toujours dans le pire que les hommes se retrouvent le mieux, sans barrière et sans distinction.

Quand Déborah arrive à Calais en fin d'après-midi, elle trouve Pierre dans le salon de chez ses parents, abasourdi à un point qu'elle ne comprend pas. Bien sûr que la mort d'un jeune homme de vingt et un ans est une tragédie, et en l'espèce un scandale puisqu'il s'agit d'un crime, mais ce n'est pas la première horreur que Pierre voit dans ce camp, ni dans d'autres d'ailleurs, ou même derrière les rideaux feutrés des appartements où vivent les gens qu'il défend comme ceux qu'il combat, la misère humaine est partout, il le sait, il la connaît, toute sa vie il s'y est frotté, alors pourquoi cet effondrement, tout à coup, pour ce jeune Érythréen ?

– Parce que sa mort est absurde, répond-il. Ce gosse a mis deux ans à traverser l'Afrique. Deux ans à venir à bout de ses déserts arides, de ses zones de guerre, de ses maisons de torture. Il a réchappé aux coups de fouet et aux brûlures, aux maladies en tout genre, il a patienté des mois dans des camps de transit, a payé des passeurs pour franchir la Méditerranée et, sur cette Méditerranée, a vu des gens de son embarcation périr dans les flots, mais lui s'en est sorti, toujours sorti, et c'est une fois arrivé ici, à Calais où l'État français est en passe de lui reconnaître le statut de réfugié, qu'il se fait poignarder à mort ? Pas par un fou. Pas par un flic, pas par un raciste, ni même par un Français qui, par accident, l'aurait renversé sur une route. Non, par un Éthiopien. Par ce frère ennemi qui le terrorisait déjà là-bas, dans son pays natal, dans cette corne oubliée de l'Afrique qu'il a quittée précisément pour le fuir lui, ce qui donne le sentiment que tout cela est une farce, vois-tu, une énorme farce dont il serait le dindon, et j'entends d'ici la voix perfide du destin lui murmurer à l'oreille *Mais que croyais-tu, mon ami ? Qu'il suffisait de s'exiler pour quitter son pays ? Tu n'as rien quitté du tout, Berutu. Et tu meurs ici comme tu serais mort là-bas, tué par la main de ton prochain.* Cette mort-là, Déborah, c'est par notre seule faute qu'elle est arrivée. À cause de notre ignorance, notre bêtise crasse. Parce que nous pensons qu'un migrant vaut bien un autre migrant, un Noir un autre Noir, un Africain un autre Africain, et que, appréhendant le monde par le si petit bout de la lorgnette, nous pouvions aisément imaginer que ces gens de la jungle auraient faim, froid, besoin de soins, mais jamais qu'ils s'entretueraient. Au contraire, nous pensions que dans leur malheur ils seraient très heureux d'être ensemble, qu'ils s'aimeraient les uns les autres et se comprendraient. Eh bien quoi ? Ils étaient noirs et étrangers, pourquoi ne se seraient-ils pas entendus ? La guerre entre l'Éthiopie et l'Érythrée qui n'était ni ethnique, ni tribale, ni religieuse, une guerre absurde, « à l'ancienne », pour définir leur tracé frontalier, a fait plus de quatre-vingt mille morts au début des années 2000. Quatre-vingt mille, c'est un chiffre, non ? Qui le connaît ? Qui s'en souvient ? Personne. Berutu est mon mort de trop. Je ne retournerai pas à la jungle.

Ils ont passé la nuit blottis l'un contre l'autre dans le seul grand lit de la maison qui était le lit des parents de Pierre, le lit où Isaac et Perla Tuchman s'étaient aimés mais aussi où ils étaient morts, et bien que Pierre et Déborah ne se soient pas touchés depuis près de quinze jours, la veille du départ à Villefranche, ils demeurent chastes cette nuit-là encore, car il n'est pas possible de baiser dans un lit pareil.

Le lendemain, Déborah s'attend à voir Pierre partir pour la jungle. Elle n'a accordé aucun crédit à ses propos de la veille, elle pensait qu'il parlait sous le coup de la colère, comme si la colère aveuglait toujours, et elle est surprise de s'entendre proposer d'aller voir la mer.

Pierre l'emmène à pied jusqu'à la plage du Fort Vert, à l'est de Calais. C'est une plage qu'il fréquentait adolescent, à mi-chemin entre le port et l'aérodrome de Marck, facile à rallier depuis le centre-ville par la digue Taaf, un chemin sablonneux serti de bosquets puis d'herbes hautes et drues dont l'étroitesse les oblige à marcher l'un derrière l'autre. Ici et là, Pierre pointe du doigt les huttes de chasse le long du parcours, montre un crapaud calamite caché sous les roseaux, donne le nom du canard rasant l'horizon, le tadorne de Belon. Déborah s'arrête pour prendre l'oiseau en photo, puis ils traversent un petit pont de bois et sur leur gauche apparaît un paysage aux couleurs d'aquarelle dont le vert tendre des polders les émerveille. Ce sont les terres agricoles que l'homme a gagnées sur la mer et qui sous leurs yeux déploient une infinité de carrés et de rectangles que des étiers séparent d'un coup de pinceau rectiligne – un Mondrian gigantesque composé de tous les verts de la nature. Pierre et Déborah restent un moment à contempler ce tableau avant de reprendre leur marche en direction de la mer, et c'est alors qu'ils pénètrent dans un glacis où les dunes, seins sculptés par le vent, leur donnent la sensation de danser sur un fond à peine plus clair.

« Je voulais te montrer que Calais, ça n'était pas que la jungle, murmure Pierre. Mon Calais à moi, celui où j'ai grandi, c'est aussi celui-là, dit-il, une zone classée « naturelle d'intérêt écologique » où toute la beauté du monde semble s'être concentrée, mais à quelques kilomètres seulement d'une autre dite Seveso [1], où des milliers de réfugiés luttent contre la faim, la gale, la tuberculose et parfois même meurent poignardés, comme si un territoire pouvait rattraper l'autre, un paradis justifier l'enfer.

La beauté du Fort Vert est celle d'un territoire à l'état sauvage, faite de prés salés, de dunes basses, de mares et de pannes saumâtres où par chance les hommes n'ont pas encore décidé de se sédentariser.

– C'est pour ça que j'aimais venir ici, dit Pierre. Parce qu'il n'y avait jamais personne. J'arrivais souvent noué, ou en colère, et après une heure passée à observer le vol des gravelots ou des cormorans, quelque chose en moi s'apaisait et plus rien ne pouvait m'atteindre. Je n'avais plus du tout envie de tuer ma mère, par exemple, ou bien d'égorger la prof qui avait mis une sale observation sur mon carnet… C'était assez magique.

– Ça t'arrivait souvent ?

– Quoi ?

– D'avoir envie d'égorger une de tes profs ?

– Autant que toi, j'imagine !

1. Zone d'installations industrielles dangereuses.

Déborah sourit :

– Ah non, désolée, je n'avais pas cette envie-là.

– Alors tu avais envie d'égorger quelqu'un d'autre ! On a tous des envies de meurtre, tout le temps. Moi, là, par exemple, ce serait plutôt la maire de Calais et le ministre de l'Intérieur. Et toi ?

– La mère de ton fils.

Pierre éclate de rire, prend le visage de Déborah entre ses mains et lui baise les lèvres.

– Tu es folle…

– Mais non, j'te jure, je pourrais affréter un avion rien que pour elle, et payer un kamikaze pour qu'il vienne s'écraser sur la maison de ses parents comme dans le premier sketch des *Nouveaux Sauvages* !

Cette comédie à sketchs sur le pétage de plomb à l'époque moderne était le premier film qu'ils avaient vu ensemble au cinéma, et un instant ils renouent avec ce sentiment jubilatoire qu'ils avaient éprouvé en ressortant de la salle sur le boulevard du Montparnasse, après que des acteurs avaient réalisé sous leurs yeux leurs plus grands phantasmes, lesquels n'étaient curieusement pas de devenir milliardaires, de s'envoyer en l'air avec une bombe sexuelle ou de marcher sur la Lune, mais de tuer – oui, *tuer celui qui nous pourrit l'existence*, l'auteur d'une queue de poisson sur l'autoroute ou le type à la fourrière qui ne veut pas entendre nos arguments – et visiblement ils n'étaient pas les seuls. Le film faisait un carton plein. Il avait été sélectionné à Cannes, avait concouru pour un oscar à Hollywood, et il remplissait désormais toutes les salles d'Europe. Ce soir-là au restaurant, entre deux gorgées de bordeaux, Pierre et Déborah en avaient conclu, amusés, que tuer était le désir refoulé le plus partagé au monde.

– C'est marrant, je ne me souviens pas de cette conclusion… dit Pierre.

Il a sorti de son sac à dos une vieille paire de jumelles et observe l'horizon. Déborah est à ses côtés. Elle le regarde et se demande quelle aurait été leur vie s'ils s'étaient rencontrés à l'âge de vingt ans, s'ils n'avaient pas eu d'enfants avec d'autres mais seulement ensemble. Elle n'aura jamais de réponse.

– Ah ! Ils sont là ! souffle-t-il. Allons-y !

Qui, *ils* ? Des hommes ? Des femmes, des enfants, des migrants ? Elle a du mal à imaginer que des êtres humains aient colonisé un territoire si aquatique, partout fait d'étiers, de chenaux et de bassins, puis au-delà, sur l'estran, d'eau encore, de sel et de vent, mais elle ne pose aucune question et marche vite à sa suite. Après les dernières dunes, la grève leur apparaît. La marée est basse et l'estran découvert, une chance, de sorte qu'ils se retrouvent face au spectacle éblouissant d'une plage à perte de vue, et dans cette immensité l'œil de Déborah est tout de suite attiré par la langue émergée de sable entre le rivage et la haute mer, là où tel un jeu d'enfant est posé le vieux phare de Walde. À ses côtés, un petit navire échoué, une coque de noix retournée sur un sol qui pourrait être la lune vers laquelle il l'attire en courant.

Arrivés à l'épave, Pierre s'agenouille dans le sable, lui dit de faire pareil, se débarrasse de son sac à dos et lui tend les jumelles :

– Tiens. Regarde.

Elle hésite, méfiante.

– Mais vas-y, j'te dis ! Tu ne le regretteras pas.

Timidement, Déborah colle ses yeux contre les jumelles et, dans la rotondité des cercles qui lui rappelle l'œil-de-bœuf à travers lequel elle aimait tant, enfant, épier les gens sur son palier, elle découvre une des scènes les plus tendres qu'il lui ait été donné de voir dans sa vie : deux adorables phoques en train de faire l'amour.

– Ils sont là, répète Pierre. Légèrement sur la droite, tu les vois ?

– Oui.

– La femelle est en dessous.

– Comment tu le sais ? Je veux dire, comment sais-tu qu'il s'agit de la femelle ?

– À cause de sa plus petite taille et de son pelage. Il est généralement plus clair que celui des mâles.

Les deux animaux allongés sur le sable roulent maintenant comme deux humains dans un lit, et Déborah est fascinée. À la manière dont ils se traitent, se caressent, se parlent, elle ne peut pas imaginer une seconde qu'ils ne font que se reproduire.

– Ceux-là s'aiment, dit-elle. C'est évident ! Regarde comme ils sont complices…

– Oui, et le mâle le sera tout autant demain avec une autre femelle… Désolé de te décevoir, mon amour, mais ils sont polygames. Avant la période de reproduction, ils constituent ce qu'on appelle un « harem » en zoologie, et ensuite ils s'accouplent avec le maximum de femelles possible.

– Salauds de phoques !

– Veaux marins. Ils n'ont pas la même culture que nous, je te l'accorde. D'ailleurs, si l'Angleterre était logique, dans sa peur panique de voir débarquer des étrangers, elle s'en méfierait autant qu'elle se méfie des réfugiés, et elle leur interdirait l'accès à ses côtes. Mais non, eux, elle les accueille et même les protège, et toute l'année ces mammifères mieux lotis que les enfants d'Alep se baladent, tranquilles, dans le triangle que forment la baie de Somme en France, la baie de Wash en Angleterre et la mer des Wadden aux Pays-Bas. Crois-moi, ces veaux ne s'emmerdent pas avec Schengen et Dublin, eux… Allez viens, rentrons, je commence à avoir faim.

Après le déjeuner, ils sont à nouveau dans la chambre d'Isaac et Perla. Pierre a autorisé Déborah à ouvrir les penderies et à admirer les tailleurs sous plastique et les vieux escarpins de sa belle-mère inconnue. Il est assis sur le lit, derrière elle. Il vient de lui répéter qu'il ne voulait pas remettre les pieds sur le site de la jungle, et qu'il était temps pour lui de mettre la maison en vente, mais de la mettre vraiment, c'est-à-dire dans une agence.

– Alors il faut la vider, a dit Déborah. Nous avons le week-end. Ne perdons pas de temps.

Deux jours plus tard, tout est dans des cartons, les cartons à la cave, et un jeu de clefs chez Grégory Vilain qui a promis de les déposer dès le lendemain à l'agence Immouest Calais, 183, boulevard Lafayette, pour que les visites commencent au plus vite.

Dans le train qui les ramène à Paris, Pierre et Déborah n'ont plus de bras, plus de jambes – ils sont exténués. Le contrôleur les réveille pour vérifier leurs billets. Déborah grogne mais plonge malgré tout le bras dans son sac et tombe alors sur cette photo qu'elle a sauvée hier du déménagement parce qu'elle la trouvait beaucoup trop gaie pour la voir finir à la cave. C'est une photo prise l'été sur une plage déserte (la plage du Fort Vert peut-être), où, autour d'un grand drap jaune, Isaac, Perla, Pierre et un autre garçon sont en train de pique-niquer. Pierre doit avoir quatorze ou quinze ans, l'autre garçon, pas plus de dix-huit. Les parents sont à gauche de l'image et les jeunes plutôt à droite. Pierre est assis en tailleur au premier plan, tandis que le garçon s'accroche à ses trapèzes tout en venant poser le menton sur le sommet de son crâne, de sorte qu'il l'écrase un peu, mais gentiment. Ils rient d'un même grand et beau sourire.

– Qui est ce garçon ? demande Déborah.

Pierre se redresse, toussote comme pour remettre en lui quelque chose de déplacé, puis répond d'une voix neutre :

– C'est mon frère. Il est mort d'une overdose l'hiver qui a suivi cette photo. Il avait dix-sept ans. Mes parents ne s'en sont jamais remis.

– Oh, Pierre, mon Dieu… C'est affreux, pourquoi tu ne m'en as jamais parlé ?

– Je ne sais pas.

– Comment s'appelait-il ?

Le train entre dans un tunnel, en ressort, et Pierre répond :

– Il s'appelait Salomon.

Léo rentre du Portugal un dimanche en fin d'après-midi et, en raison de la nouvelle qu'il doit annoncer à sa mère, il préfère sonner plutôt que se servir de ses clefs. Déborah ne s'en étonne pas, tout entière au petit choc que cela lui procure de le revoir après une semaine d'absence. Comme à chaque retour de vacances, elle a l'impression que Léo a pris dix centimètres, cinq ans d'âge, des poils à la moustache et de la barbe. Elle trouve ses cheveux bien plus longs et plus gras que d'ordinaire, son bronzage magnifique mais ses dents un peu jaunes, et bien qu'elle ne soit pas certaine de cautionner cette probable nouvelle mode qui consiste à porter sur l'estomac un sac à dos Eastpak façon Jackson Pollock, elle ouvre grand ses bras pour accueillir l'adolescent – « Mon amour, comme je suis heureuse de te retrouver ! » – mais contre toute attente celui-ci bat en retraite :

– Attends ! Faut que je te dise un truc.

– Oui…

– Promets-moi d'abord que tu ne te fâcheras pas.

– Qu'est-ce que t'as fait ?

– Rien, je te jure, mais promets quand même.

Et la voilà qui promet, foutue d'avance, condamnée à accepter et subir ce qui visiblement le met en joie, la joie se traduisant chez lui par une danse de l'autruche qu'elle découvre à l'instant, le mois dernier, c'était plutôt une girafe, avant d'encaisser aussi, stoïque, le regard affligé de la voisine du dessus descendant à ce moment-là avec son teckel apeuré dans les bras.

– Bon, Léo, ça suffit, s'agace-t-elle une fois l'humiliation passée. Soit tu me dis ce que tu as à me dire, soit je rentre.

– Approche, chut, calme-toi, lui souffle-t-il, et délicatement il tire la fermeture éclair de son sac Jackson Pollock au fond duquel elle aperçoit une petite boule de poils noirs customisée de deux billes luisantes.

Deux billes qui la regardent.

– Qu'est-ce que c'est que ce truc ? balbutie-t-elle.

– Maman, je te présente Peace. Peace, voici maman !

Déborah entend *Pisse*, et sa première pensée est de vouloir récupérer le fusil de chasse de son père à Villefranche-sur-Mer pour aller buter Driss – comme quoi Pierre avait raison, on a toujours envie de buter quelqu'un. Comment le père de Léo a-t-il a pu lui faire un coup pareil ? Acheter ce chien à leur fils sans même la consulter, c'est tout simplement dégueulasse !

– Regarde comme elle est mignonne… dit Léo. Tiens, prends-la dans tes bras, et il la lui colle sur la poitrine. C'est une femelle. Un beagle, elle vient d'avoir huit semaines. On est allés la chercher dans l'Orne avec papa, mais quand on a pris la route hier matin, je ne savais absolument pas où on allait. Il m'a fait la surprise, alors imagine le trajet… Je lui posait plein de questions mais il ne voulait rien me dire, une tombe. Ce n'est qu'en arrivant devant l'élevage que j'ai compris. Tu aurais entendu le cri que j'ai poussé ! C'était le plus beau jour de ma vie.

– Le plus beau jour, tu crois vraiment ?

– Oh, maman, ne me gâche pas ma joie ! Regarde-la, avec ses oreilles tombantes et sa tache blanche sur le museau… Ne me dis pas que tu ne craques pas. C'est impossible, c'est la plus belle petite chienne de toute l'histoire des petites chiennes !

Et, déclarant cela, Léo la récupère pour la poser au sol avant d'extirper de son blouson une balle à picots multicolore qui couine lorsqu'il appuie dessus. Peace se met à japper et à glisser sur le parquet d'une manière assez irrésistible, Déborah doit bien en convenir.

Le bruit de la balle n'a pas échappé à Salomon qui déboule dans l'entrée – ni *bonjour* ni *merde* – mais simplement :

– C'est qui, lui ? en désignant du doigt l'animal.

– Elle, répond Léo. C'est une chienne. Ma chienne.

– Ta chienne, mais ça veut dire qu'elle va vivre ici ?

– Ben puisque je te dis que c'est ma chienne, où veux-tu qu'elle aille ? Oui, elle va vivre ici. Comme moi, une semaine sur deux.

– Ah non mais ça, c'est impossible, rétorque le fils de Pierre. Je suis allergique.

Léo laisse échapper un petit rire sardonique, l'air de dire *Si tu crois, mon pauvre, que tu as ton mot à dire sur le sujet, tu te fous le doigt dans l'œil*, mais Salomon ne se démonte pas et, sur ce ton de premier de la classe qu'il adore adopter pour signifier aux autres qu'il a tout de même 150 de QI, il répond à Léo :

– Eh bien, dans ce cas, organisons un vote. Je propose d'ailleurs que nous rédigions le règlement intérieur de cet appartement, lequel pourra compter une clause qui prévoira que si un de nous quatre veut accueillir une nouvelle personne dans ces murs, ou un animal, en tout cas un être vivant, il ne pourra le faire sans le consentement des autres. Alors peut-être pas tous les autres, mais au moins la majorité, car sinon quoi ? Mon père pourrait rentrer de Calais avec un Syrien et moi demander à ma mère de m'offrir un boa constrictor qui en semaine A se baladerait dans ce salon ? J'aimerais bien voir vos têtes.

– OK, c'est bon pour moi, j'en ai assez entendu pour toute la semaine. Tchô, ajoute Léo en secouant la main à la façon de la reine d'Angleterre, puis il écarte Salomon de son passage et entre avec sa chienne dans l'appartement.

– Il va le rendre ? demande Salomon à Déborah.

– Rendre quoi ?

– Son chien ! Il faut qu'il le rende, je ne vais pas supporter. Je sens déjà que ça me gratte partout. Quoi ? Tu ne me crois pas ? Regarde, si tu ne me crois pas… Mon poignet est tout rouge, tu le vois bien, quand même.

– Eh ben, tu sais quoi ? Gratte-toi, lui répond Déborah non sans plaisir.

Déborah ne prend même pas la peine d'appeler Driss. Le lendemain à la première heure, elle monte dans un taxi et, ruminant tout le trajet qu'il va l'entendre, qu'il va bien voir s'il peut, comme ça, la mettre devant le fait accompli et lui imposer un chien chez elle, comme si elle n'avait pas déjà assez de difficultés avec le fils de Pierre pour se taper, en plus, des visites chez le vétérinaire, elle est si enragée que lorsque le chauffeur la dépose au numéro indiqué de la rue des Vinaigriers, elle lui dit qu'il s'est trompé, ce n'est pas la bonne rue, elle est née ici, ce n'est quand même pas à elle qu'on va apprendre Paris ! En réalité, elle est dans la bonne rue, seulement le restaurant de Driss a disparu. Il n'en reste rien, il s'est comme volatisé. Les vitrines du local qu'il occupait depuis quinze ans ont toutes été badigeonnées d'un blanc opaque – impossible de voir à l'intérieur – et sur l'une d'elles, au centre, un grand écriteau indique : *Bail à céder.* Déborah est sous le choc. Elle a besoin de s'asseoir tout à coup et va se poser en face, sur les marches du petit escalier qui mène au canal Saint-Martin. Quelques secondes plus tard, une femme pressée l'enjambe en râlant. Cette femme a raison, elle bloque le passage, elle fait suer tout le monde, mais peut-elle au moins lui dire, pour sa défense, que c'est ici même, sur cet escalier, que tout a commencé ? C'était un soir d'octobre. 2001, juste après le 11 Septembre auquel ils avaient assisté ensemble et en direct, depuis une terrasse du Lower East Side, mais c'est là une autre histoire, ce qui importe c'est qu'ils étaient ici un mois plus tard, avec leur belle trentaine qui débutait et tous leurs projets, dont celui de faire un enfant. Driss lui avait dit : « Alors ? Qu'est-ce que t'en penses ? J'achète ou j'achète pas ? » et il lui avait fallu moins de dix secondes pour lui répondre : « Mais oui, évidemment que tu achètes ! » Le quartier n'était pourtant pas cet îlot florissant de commerces de bouche et de marques branchées qu'il allait devenir, et il lui faudrait réaliser un emprunt conséquent puis entamer de gros travaux, mais Déborah avait une foi inébranlable en sa capacité à créer un lieu où les gens auraient envie de se retrouver. Driss était solaire. Il était magnétique, et il avait ce don inné pour créer du lien.

Les gens qu'il attirait autour de lui venaient de tous les horizons. Ils étaient chanteur, écrivain, ostéopathe, élève architecte, sommelier, serveur, prof, publicitaire, chômeur, ils habitaient en province ou à l'étranger, ils parlaient brésilien, allemand, anglais, hébreu, arabe, congolais, ils ne faisaient que passer ou étaient des amis d'enfance et chaque dimanche ils débarquaient dans leur minuscule appartement pour partager la côte de bœuf ou le gigot d'agneau sur lequel Driss veillait depuis le lever du soleil. En devenant restaurateur, le père de Léo n'avait pas changé ses recettes, ni dans les assiettes ni dans sa manière de recevoir, et les amis étaient devenus des clients tandis que les clients devenaient des amis, et tout ce beau monde avait fini par former une grande famille qui leur ressemblait, drôle, gaie, excentrique, et très heureuse d'avoir désormais une adresse où se retrouver.

Déborah sonne à la porte de son ex-mari, effondrée. Driss imagine qu'il est arrivé un malheur à Léo.

– Non, dit-elle en larmes, c'est à cause du restaurant. Je suis arrivée devant et il n'y avait plus rien.

– Non mais tu es folle ou quoi ? l'engueule-t-il. Ne me refais plus jamais une peur pareille ! En plus, je te l'ai dit, pour le restaurant.

Quand tu es venue me voir un matin il y a quelques mois, je lessivais ma façade qui avait encore été salopée durant la nuit, et je t'ai expliqué que je ne m'en sortais plus.

– Ça veut dire quoi ? Que tu vas partir vivre au Portugal ? Que tu vas me prendre mon fils ?

– Te prendre ton fils. C'est quand même stupéfiant que tu puisses me dire une phrase de cette nature…

– …

– Qu'est-ce que je peux faire pour toi ?

– Rendre le chien que tu as offert à Léo sans m'en parler.

– Déborah, j'ai offert ce chien à Léo pour qu'il ne soit plus seul à affronter les semaines chez toi.

– Pardon ?

– Je crois que tu ne prends pas la mesure de la situation. Ton fils est à bout. Il hait ce gosse et il ne veut plus vivre avec lui. Au Portugal, il m'en a parlé tous les jours. Il m'a raconté que, la veille de notre départ, le gamin avait souhaité, haut et fort, que sa mère ait un cancer.

– Parce qu'elle venait d'annuler à la dernière minute leurs vacances à Londres !

– Et c'est une raison ? Pour des vacances annulées, on souhaite un cancer à sa mère ? Déborah, ça n'existe pas, ça, chez nous ! C'est péché, c'est tabou ! Chez nous, on ne souhaite de mal à personne ! Comment veux-tu que Léo se sente bien avec un môme qui pense comme ça ?

– Ce môme va beaucoup mieux depuis qu'il voit le docteur Piekarski, figure-toi. Il ne s'énerve quasiment plus, il n'a pas refait de crise depuis peut-être un mois, et Pierre y va aussi, tous les mercredis. Oui, Pierre fait un vrai travail qui à mon avis aide beaucoup son fils. Alors OK, Salomon est un peu spécial, mais est-ce si grave ? Est-on tous obligés d'être pareils ?

– Il n'est pas *pas pareil*, il est complètement déglingué ! Quand est-ce que tu vas ouvrir les yeux ?! C'est quoi, le truc ? Tu veux sauver ce môme, c'est ça ? T'as décidé que c'était ta mission dans la vie ? Je ne comprends pas pourquoi tu t'entêtes. Tu vois que ça ne marche pas. Tu le vois, que Léo n'est pas heureux dans cette configuration ! Ce serait si compliqué pour toi de continuer ton histoire avec Pierre sans vivre avec lui ? Il y a des centaines de couples remariés qui fonctionnent comme ça, et ça marche très bien.

– Tu me demandes donc de déménager et de prendre un appartement seule avec Léo. Je suis sidérée. Je n'ai pas d'autre mot, *sidérée.*

– Eh bien sois-le, ce n'est pas très grave. Je t'ai dit déjà, il y a plusieurs mois, que cette histoire allait mal finir, et tu as dû prendre la chose à la légère en pensant que je parlais avec mon amertume, mais je n'en ai plus aucune, Déborah. Que tu sois avec Pierre, sans Pierre, ou même avec un autre Pierre, ça ne changera plus rien, maintenant. C'est fini entre nous. Tout est fini. Je suis juste inquiet pour notre fils.

– Et tu as pensé que lui offrir un chien du nom de Peace l'aiderait à aller mieux ? Et pourquoi pas Love, aussi ? Pardon de te le dire, mais dans le genre pompier, tu as fait très fort sur ce coup-là.

– Ce n'est pas moi qui ai choisi.

– Qui, alors ?

– C'est une idée de la psy.

– Quelle psy ?

– Celle que nous avions vue pour Léo quand il avait deux ans et qu'il venait toutes les nuits dans notre lit. Je suis retourné la voir.

– Cette folle qui nous avait conseillé de lui mettre une couronne sur la tête avant de dormir pour lui donner confiance en lui et qui avait été incapable de nous aider ensuite, lorsqu'on l'avait rappelée deux mois plus tard parce que Léo disait à tout bout de champ qu'il était le roi ? Elle nous a pourri un an de notre vie !

– Au moins, il ne venait plus dans notre lit, c'était déjà ça.

– À la place, il exigeait qu'on dorme par terre dans sa chambre, à tour de rôle, comme des serviteurs, et répétait *Je suis le roi, je suis le roi !* Tu as oublié, ou quoi ?!

– Un peu.

– Si cette psy t'a dit d'acheter un animal domestique et de le baptiser Peace pour que Léo soit heureux rue de Belzunce, elle mérite d'être radiée de l'ordre des psys.

– Elle me l'a dit.

– OK, je porterai plainte. En attendant, s'il te plaît, va rendre cette chienne dans l'Orne. Tu ne peux pas mettre toute une famille, comme ça, devant le fait accompli. Tu ne peux pas, Driss. Ça n'est pas possible.

– Mais c'est qui, la famille ? rétorque-t-il. Vous trois ?

En quittant l'appartement de Driss, Déborah descend le canal Saint-Martin en direction de République avec deux grosses boules de pétanque logées dans le fond de la gorge, ruminant que c'était bien la peine d'avoir toujours eu des rapports idylliques avec son ex-mari et de ne s'être jamais disputés, pas même au sujet de leur enfant, si c'était pour en arriver là à cause d'un chien ! Comment pourra-t-elle gérer la situation, à présent ? Elle sait que Salomon a déjà prévenu sa mère, qui aura prévenu son avocat, qui enverra un recommandé de huit pages à Pierre dès le lendemain, et ils passeront une nouvelle soirée à ne parler que d'elle, puis une autre, et encore une autre, et à la fin ils se seront tellement éloignés qu'ils ne parleront plus du tout, de rien. À l'idée de cette joyeuse perspective, une fatigue aussi brutale que soudaine s'empare de Déborah. Elle voudrait s'arrêter de penser, s'allonger là sur le bitume et s'endormir.

À la place, elle marche jusqu'au bout du canal puis, comme lui, s'infiltre dans le petit square Frédérick-Lemaître où il devient une sorte de bassin à l'italienne, et quand elle en ressort, côté quai de Jemmapes, c'est la rue de la Fontaine-au-Roi qui grimpe droit devant elle, entre la rue du Faubourg-du-Temple et le boulevard Jules-Ferry. Elle se fige. Sept mois qu'elle n'est pas revenue là… Sept mois qui se sont écoulés, elle ne sait comment, depuis cette date ensanglantée où tout a basculé pour le pays mais pour elle aussi, qui aura tout chamboulé dans sa vie jusque-là si tranquille… Que signifie le chiffre 7, au juste ? Fébrile et démunie, Déborah sort son smartphone, ouvre une page Safari et tape dans la barre de recherche : *Chiffre 7 signification.* La première page de liens s'ouvre sur une photo en noir et blanc représentant sept lunes – trois croissantes, trois décroissantes et une pleine au centre, accompagnée du texte suivant :

« La stylisation du chiffre 7 représente une faux, symbole de mort, et ce n'est pas un hasard. Il s'agit de mourir, d'achever un cycle et de renaître à autre chose, de se diriger vers un renouveau. Le chiffre 7, par la transformation qu'il inaugure, possède en lui-même un pouvoir, c'est un nombre magique. »

Un nombre magique. Il ne lui en fallait pas tant pour décider que, quoi qu'il puisse se passer avec Driss, Pierre, Salomon, Léo, cette foutue Peace, la France, les migrants, le terrorisme, la paix dans le monde, s'il y a bien une chose qu'elle peut s'autoriser en ce premier jour de juin, c'est aller s'installer en terrasse à La Bonne Bière, profiter du soleil parisien. Et commander une bonne bière.

Pierre lui dit de ne pas s'inquiéter et promet que tout ira bien avec cette chienne. Salomon n'a aucune allergie d'aucune sorte, il est simplement opposé à la présence de Peace rue de Belzunce parce que, par principe, il est opposé à tout, « mais dans quelques semaines, tu verras, je suis sûr qu'il sera le premier à lever la main pour le sortir et tout ira bien. Tout ira bien, Déborah ! » Alors Déborah sèche ses larmes, se convainc de se laisser convaincre – mais a-t-elle une autre option ? – et Pierre décide de tous les emmener au chinois de la rue de Rochechouart pour, une bonne fois, avoir une discussion claire, nette et précise sur le sujet.

– Alors, maintenant que nous avons passé commande, déclare Pierre à la manière pompeuse d'un chef de tribu indienne, attaquons-nous au sujet qui nous intéresse : qui veut du vin ?

En entrant dans le restaurant, il avait encore un espoir de détendre l'atmosphère, mais puisque celui-ci vient de tomber à l'eau, et même de couler à pic à en croire les têtes de bagnards à l'isolement que lui présentent Léo et Salomon, il se lance sans détour :

– OK. Eh bien parlons de Peace.

– Il n'est pas question que j'habite avec cette chienne, déclare Salomon.

– Il n'est pas question que je n'habite pas avec cette chienne, rétorque Léo en écho.

Pierre rit. C'est nerveux. Il le dit, mais tout le monde s'en fout. Tout le monde lui en veut. Par chance, la serveuse leur offre une respiration en apportant les soupes aux raviolis, quatre grands bols remplis d'un liquide bouillant.

– Attention ! So, très so ! répète la dame avant de repartir à petits pas rapides et, voyant la chose, Déborah regrette qu'ils n'aient pas choisi des plats moins dangereux, du style nems, ou rouleaux de printemps.

– Si ce n'est pas trop vous demander, reprend Pierre à l'attention des garçons, j'aimerais que vous me laissiez en placer une. On sait tous ici ce que vous voulez concernant cette chienne. Et ce que vous voulez est à l'opposé, n'est-ce pas ?

– Sans déconner ? marmonne Léo.

Déborah reprend son fils, mais Pierre lui fait signe de le laisser poursuivre.

– La solution acceptable par l'un et l'autre, poursuit-il, se trouve par conséquent à mi-chemin. Mais elle réclame que vous produisiez tous les deux du compromis. Savez-vous ce que veut dire le mot *compromis* ?

– Oui, ils savent, Pierre. Vas-y.

Déborah voudrait qu'il s'arrête de parler tout de suite, et qu'ils puissent avaler leurs soupes. Dans l'état psychique où elle se trouve, regarder ces bols pleins est une épreuve trop violente. Plus elle les regarde, plus elle se dit que la crise va advenir, qu'elle est imminente et que, de rage, Salomon ne résistera pas à son envie de leur balancer ce liquide bouillant à la figure. Elle va jusqu'à se demander si, pour protéger son fils, elle ne devrait pas échanger sa place avec lui qui est assis en face de Salomon, comme dans son rêve atroce. Le cri qu'il pousse brusquement la tire de ses interrogations.

– Putain mais je suis allergique, moi ! Je suis allergique ! répète-t-il d'une voix atrocement aiguë.

Déborah a raté ce qu'a dit Pierre dans une première partie de phrase demeurée inachevée – *Peace pourra venir chaque semaine rue de Belzunce* –, elle ne comprend donc ni le sourire conquérant de Léo ni l'hystérie soudaine du fils de Pierre.

– Ta gueule ! lui dit à présent son père hors de lui. Maintenant, ça suffit ! Nous sommes dans un restaurant, il y a du monde autour, alors tu reposes tout de suite ton cul sur cette chaise, tu la fermes et tu m'écoutes. Tu m'écoutes, j'te dis, ou je te démolis.

– Pierre... gémit Déborah.

– Tu vas me taper ? Tu vas taper ton fils ?

– Bien sûr que je vais te taper ! Je vais me gêner ! J'en peux plus de toi. J'en peux plus, tu m'entends ?

– Si tu me tapes, j'irai au commissariat et je porterai plainte. Et maman aussi, elle portera plainte !

– Grand bien lui fasse ! Pour une fois qu'elle fera quelque chose pour toi, on sablera le champagne !

– Pierre, arrête, je t'en prie...

– Mais merde, je lui demande de s'asseoir ! Juste de s'asseoir et de m'écouter quatre secondes, c'est si compliqué que ça ?

– Salomon, je t'en supplie, murmure Déborah, veux-tu bien t'asseoir et arrêter de pleurer ?

– Je suis allergique aux poils, sanglote-t-il de plus belle, j'vais m'étouffer dans mon sommeil si cette chienne reste là et mon père s'en fout ! Il s'en fout si je meurs étouffé dans mon sommeil !

– Et aux poils de chatte, t'es allergique aussi ? s'amuse Léo.

– Léo ! crie Déborah. Un mot de plus et je t'en mets une.

– Ça va, je rigole…

– Non, désolé, ce n'est pas l'heure de rigoler, lui dit Pierre qui d'ordinaire ne se mêle jamais. Puis, s'adressant à Salomon : Salomon, écoute-moi. Tu crois que tu es allergique aux poils de chien, mais des études scientifiques ont prouvé que les poils n'étaient jamais responsables des allergies. Jamais, tu m'entends ? C'est la salive qui l'est, et les squames de peau.

– Il y a des squames dans les poils.

– OK, 1-0. Mais pas chez les chiens à poils courts, puisque par définition, ils n'ont pas de poils, tu es d'accord avec moi ? Donc Peace qui n'a pas de poils n'a pas de squames – fin de l'histoire.

– Pardon, mais poils courts ne veut pas dire absence de poils, alors si ta chienne m'approche à moins de cinq mètres, je la tue.

– Amuse-toi, tiens !

– Salomon, mais ça va pas ou quoi, de proférer des menaces pareilles ?

– Si elle entre dans ma chambre, c'est ce que je ferai.

– Tu ne feras rien du tout et elle n'entrera pas dans ta chambre. Léo, promets-le.

– *I promise.*

Un type à la table derrière, un mètre quatre-vingt-cinq coupé façon taille coq se lève alors et vient jusqu'à eux.

– Bonsoir, commissaire divisionnaire Lafarge, je dîne avec mes petits camarades de la BAC, là, et on se demandait si vous allez nous les gonfler encore longtemps avec vos histoires de clébard. On est dans un restaurant ici, pas à la cantoche, alors vos chiards, en laisse ! Sinon c'est moi qui m'en occupe.

Le type repart et Déborah fond en larmes.

– Vous voyez ce que la police pense de nous, maintenant ? Vous voyez où nous sommes arrivés…

Nous en sommes à ce point paroxystique où se trouvent les gens quand ils débarquent dans mon bureau, réalise Pierre, *prêts à se trucider*, et, découpant très calmement un morceau de la nappe en papier, il fait pour son foyer ce qu'il opère toute la journée depuis vingt ans pour des centaines de familles : du droit.

Il écrit CONTRAT en capitales, en haut de la page, puis dans un premier article stipule que Peace devra passer la majeure partie de son temps dans la chambre de Léo, y dormir, être nourrie et sortie par ses soins, et qu'en cas de trois manquements à l'une de ces obligations au cours de la même année, le conseil d'administration de la rue de Belzunce sera dans l'obligation de déclarer l'animal *anima non grata*, ce qui signifie concrètement laisser Peace chez Driss à plein temps ou, si Driss n'en veut pas, la donner à quelqu'un, voire la confier à la SPA. À l'article suivant, Pierre reconnaît à la bête et à son maître un droit de servitude sur toutes les parties communes à traverser entre l'entrée et la chambre dudit maître, en conséquence de quoi, si le chien ne peut pas se poser durablement dans le salon, ou dans la cuisine, il est tout à fait autorisé à y passer, au rythme qu'il souhaite, sans que les autres locataires puissent lui opposer les termes du présent contrat. À l'article 3, ces derniers s'engagent formellement à ne pas entraver la jouissance pleine et entière des droits reconnus à l'animal sur le territoire qui lui est alloué, droits au rang desquels figure le fait de monter sur le lit, d'aboyer de manière raisonnable, ou de jouer avec des balles sonores. Salomon tique sur l'expression « de manière raisonnable », mais cette fois le regard de son père suffit à lui intimer le silence, et avant qu'il ait le temps de rouvrir la bouche pour formuler un autre commentaire, Pierre lui demande de signer. Léo lui emboîte le pas, puis Déborah, et enfin Pierre lui-même, ensuite de quoi la nappe à moitié déchirée est rapportée à la maison, mise sous verre et accrochée dans l'entrée. Léo a gagné : Peace vivra rue de Belzunce une semaine sur deux.

Est-il possible qu'un chien de la taille d'un rat change la donne ? Modifie l'équilibre d'un foyer ? Réduise à néant la colère, la peur, les tensions, les ressentiments, la violence, et fasse régner à la place quelque chose qui ressemblerait au nom même que porte ce chien ? Le mois qui suit ce dîner cauchemardesque au restaurant chinois de la rue de Rochechouart tranche de façon si radicale avec ce que les locataires de la rue de Belzunce ont vécu jusque-là que oui, Déborah finit par le croire, et révise même son jugement concernant la pédopsy qui a eu l'idée et du chien et du nom du chien, répétant régulièrement à Pierre : « Non mais en fait, cette femme est un génie ! » Et Pierre qui ne la contrarie jamais sourit gentiment, à la manière de l'adulte qui a mis les jouets sous le sapin mais ne trahit pas le secret et regarde, attendri, l'enfant sauter de joie en clamant que le Père Noël est formidable, qu'il les a tellement gâtés. Car Pierre est devenu cet adulte-là. Celui qui, chaque jour, vient en cachette déposer des cadeaux sous le sapin de leur existence, lui donnant un air de fête permanente qui lui permet de croire que tout va bien désormais, qu'ils sont une famille heureuse et unie – une famille tout court.

En réalité, cette famille, Pierre l'a vue voler en éclats quand, après leur dispute deux mois plus tôt, il est parti s'installer une semaine à Calais. Il pensait alors que tout était fichu entre eux, et il sait, au fond de lui, que s'il a envoyé à Déborah ce texto concernant la mort de Berutu, c'était surtout dans l'espoir de la voir débarquer. Elle l'a fait, et il a pris cela comme une dernière chance. Le soir même, puis le lendemain dans la chambre de ses parents, il a prononcé cette phrase qu'elle a trouvée surprenante – « Je n'irai plus à la jungle. » C'était sa manière de lui dire *Maintenant, je resterai avec toi.*

Est-ce qu'il a le sentiment de s'être sacrifié ? D'avoir renoncé ? Perdu ? Non, juste celui d'avoir donné une chance à leur histoire, et même si parfois l'engagement lui manque, et probablement avant tout cette sensation si gratifiante d'être utile, essentiel, présent au monde comme il est impossible de l'être même dans un tribunal, il ne veut pas penser que sa vie intime vaudrait moins que la vie de ces malheureux – pourquoi ? – ni que, pour connaître le succès, elle lui réclamerait moins d'efforts que n'importe quelle entreprise pour laquelle il serait prêt à donner huit heures de ses journées. Vivre avec d'autres est un travail de chaque instant, il l'a compris à l'épreuve du réel, mais le travail ne lui a jamais fait peur et c'est avec un sincère enthousiasme qu'il se lève chaque matin avant les siens, descend acheter les croissants, dresse la table du petit-déjeuner, presse des oranges pour chacun. Le soir, il les emmène parfois au restaurant en pleine semaine, au cinéma, ou simplement faire une balade dans Paris. Il veut que la vie soit une fête, que les garçons s'amusent et que leurs rires résonnent dans l'appartement de la rue de Belzunce. Souvent, il organise pour eux des tournois de ping-pong au square Cavaillé-Coll où il les laisse jouer à deux contre lui, comme au bowling, au tennis, au paintball ou à la piscine, ainsi peut-il les laisser gagner pour le seul plaisir de les voir ensuite se taper dans la main, et c'est peut-être idiot mais, chaque fois que cela se produit, il a le sentiment d'avoir remporté une victoire.

Il ne pense pas pour autant que la partie soit gagnée. Il sait bien que l'équilibre qu'il a mis en place en s'investissant de la sorte possède la fragilité de n'importe quel écosystème, et si, aux dires du docteur Piekarski, Salomon a fait un bond en avant depuis qu'il l'a emmené à Calais sur la tombe de son frère, il reste prudent. Il n'oublie pas les mots de son fils ce jour-là, au cimetière : « C'est étrange de voir son nom écrit là, et de pleurer sur soi en se disant que c'est un autre. » Pierre a organisé ce pèlerinage sur les conseils de Déborah qui l'a convaincu que les secrets sont toujours plus lourds à porter que la vérité. Elle a probablement raison, mais maintenant que Salomon sait, combien de temps mettra-t-il à digérer cette histoire ? Combien de mois, combien d'années lui faudra-t-il pour comprendre que son père aura eu tellement peur de le voir mourir comme son propre père avait vu son fils disparaître qu'il aura préféré lui refuser le droit d'exister, et pour être bien certain de pouvoir le formuler haut et fort, il se sera débrouillé pour se faire piéger par cette femme avec qui il allait simplement dans des fêtes, buvait du champagne et baisait de temps en temps. Pierre n'a pas la réponse, mais ce qu'il redoute, c'est que, dans le temps nécessaire à sa réparation, Salomon détruise tout sur son passage. Alors il le garde à l'œil, et dès qu'ils se retrouvent tous les quatre, il renforce encore sa vigilance, comme si une caméra de surveillance s'allumait au-dedans de lui, l'objectif étant de pouvoir anticiper une éventuelle attaque. Hier dimanche, il en a déjoué une, mais de justesse. C'était en fin de matinée. Léo prenait sa douche quand tout à coup Salomon a constaté que Peace s'était faufilée dans sa chambre et qu'elle avait uriné sur sa moquette au niveau de sa tête de lit. L'enfant n'a pas cherché à comprendre. Il est allé chercher l'attendrisseur à viande dans la cuisine, et Pierre a vu le moment où, de rage, il allait tout détruire dans sa chambre. Sans réfléchir, il l'a entraîné dehors tel qu'il était, en pyjama et avec l'attendrisseur en main, et ils ne sont revenus qu'une heure plus tard, les bras chargés de gâteaux, un joli sourire aux lèvres.

– Tu verras qu'un jour il finira par la tuer, a dit Léo à sa mère alors qu'ils étaient tous les deux à quatre pattes en train de lessiver la moquette.

Déborah a éclaté de rire. Elle ne le croit pas une seconde. Elle pense au contraire que Salomon adore cette chienne et, pour l'assurer à son fils, elle lui raconte comment un soir, rentrant plus tôt du collège en l'absence d'un de ses profs, il est allé libérer Peace de sa chambre et a passé plus d'une heure à jouer avec elle dans le salon, à lui lancer la balle et à lui réclamer en retour des coups de langue et des câlins, *allergique de rien du tout*. Il se croyait seul dans l'appartement alors qu'elle était là, aux toilettes, elle a pu l'observer à son insu. Pour Léo, dubitatif, cela ne prouve rien, sinon que Salomon est totalement bipolaire, ou schizophrène, et même s'il ignore ce que ces deux termes psychiatriques recouvrent exactement, pour lui, c'est ce qu'il est, un fou. Qui d'autre qu'un fou pourrait crier à l'œdème de Quincke au contact d'une chienne et dans le même temps voler sa laisse pour la sortir en cachette ? Voilà ce que Salomon a fait un jeudi pendant que Léo prenait son cours de Talmud. Le fils de Déborah s'en est rendu compte en allant chercher dans sa chambre un livre que lui demandait Myriam. Il a constaté que Peace n'était plus là, a fait le tour des pièces et compris que Salomon l'avait sortie. Si le rabbin Myriam Barnazy n'avait pas été là pour le calmer, sûrement qu'à cette heure il serait mort d'une crise cardiaque.

Léo parle beaucoup de Salomon avec Myriam Barnazy. Comme cette madame Marsak et son magique *Ce n'est pas mon problème*, le rabbin l'aide à prendre du recul, à avoir de l'humour, à être un peu philosophe. Elle lui rappelle qu'en septembre il deviendra un homme, et qu'il est temps pour lui de comprendre qu'on ne peut pas aimer tout le monde, ni faire de chacun son meilleur ami, ou son frère, mais « Qu'as-tu fait de ton frère ? » demande-t-elle malgré tout avec un regard complice en citant un verset de sa paracha, car au fond n'est-ce pas la seule responsabilité qui nous incombe dans notre rapport à l'autre, en avoir le souci ? Et Léo comprend cela. Oui, il le comprend très bien et même l'applique, ce dont Myriam se félicite lorsque, le dernier jeudi avant les grandes vacances, son jeune élève lui tend le brouillon du discours qu'il prononcera à la synagogue devant ses proches, et qu'elle découvre, après les adresses à ses parents, ses grands-parents, ses oncles, ses tantes, ses amis et Pierre, un paragraphe dédié à Salomon. Dans ce paragraphe, Léo a écrit :

Mon cher Salomon,

Tu ne m'as pas toujours rendu la vie facile, et je ne te cache pas que vivre avec toi est déjà un programme en soi, mais je ne désespère pas qu'un jour tu finisses par porter un Eastpak plutôt que ton vieux cartable infâme, et que nous puissions enfin faire une partie de tennis sans que tu te mettes à pleurer parce que je t'aurais mis 6/0, 6/0, 6/0. Eh ouais, mec, on ne peut pas connaître le Larousse par cœur et en même temps être Federer… En tout cas, si un jour tu deviens président, ce que je crois possible puisque tout l'est avec toi, ne m'oublie pas !

Le 4 juillet après les cours, Pierre, Déborah, Léo, Salomon et Peace partent pour Villefranche-sur-Mer. Les parents de Déborah sont déjà dans la maison, son frère vient d'arriver de Chicago avec sa femme et ses deux filles et c'est une fête extraordinaire de se retrouver enfin tous ensemble, dans ce paradis où les seules préoccupations sont désormais de savoir à quelle heure on ira à la plage, qui a gagné à la pétanque, dans quel restaurant on dînera le soir. Les enfants, eux, goûtent aux premières saveurs de la liberté. Ils vivent leur vie à l'abri des adultes, on ne les voit pas de la journée, et Pierre et Déborah savourent de ne plus s'en soucier, de les oublier un peu. Le soir, ils dînent parfois en tête à tête, et le matin ils partent tôt, vont nager seuls à la plage des Fossettes en contrebas du jardin de la Paix à Saint-Jean-Cap-Ferrat. Chaque matin, quand ils atteignent le bout de l'anse, Pierre lui demande, sur le même ton qu'il lui proposerait d'aller boire une orange pressée, si par hasard elle n'aurait pas envie de tomber enceinte. Et chaque matin elle l'éclabousse en riant, mais doucement l'idée fait en elle son chemin. Le 10 juillet, le grand écran du salon est déplacé sur la terrasse. Les parents de Déborah ont invité une vingtaine d'amis à voir la finale de l'Euro, et c'est là, face à la mer, que tout ce joli monde s'installe. La France joue contre le Portugal mais perd dans les dernières minutes grâce au but miraculeux d'Eder durant les prolongations. Alors que la maison entière est dépitée, Pierre et Léo vont vite enfiler les maillots rapportés de Lisbonne et, déboulant sur la terrasse comme deux gamins, ils hurlent en dansant : « *Nós ganhamos, nós ganhamos !* »

Quatre jours plus tard, la ville de Nice a organisé un feu d'artifice pour célébrer la Fête nationale. Ce soir-là, trente mille personnes sont regroupées sur la promenade des Anglais afin de profiter du spectacle. Celui-ci se termine vers 22 h 20 et, à 22 h 32, un poids lourd blanc de dix-neuf tonnes marque Renault Midlum en provenance du quartier Magnan surgit tous feux éteints sur la promenade au niveau de l'hôpital Lenval. Il prend de la vitesse, force un barrage à l'intersection avec le boulevard Gambetta constitué d'une seule voiture de police et de barrières de foule, puis il fonce sur la foule en plusieurs embardées latérales dans le but de faire le maximum de victimes, et jusqu'à l'hôtel Negresco où, à Pâques, Déborah et Léo savouraient une glace en terrasse, des hommes, des femmes et des enfants tombent comme des quilles. Au total, quatre-vingt-six personnes de dix-neuf nationalités différentes trouveront la mort dans cet attentat revendiqué dès le lendemain par l'État islamique, dont treize enfants et adolescents. Quatre cent cinquante-huit personnes seront blessées.

Ce soir-là, Salomon, Léo et ses cousines Tess et Vanessa supplient les adultes de les emmener à Saint-Tropez. Un 14 juillet, c'est une folie pure. Le frère de Déborah propose plutôt d'aller à Nice mais plusieurs voix s'y opposent, ils ont dîné la veille à La Petite Maison. Pierre réussit à faire pencher la balance du côté des jeunes, et c'est finalement à la piscine du Byblos, en sirotant leur mojito, qu'ils prennent connaissance du carnage. Les enfants les ont sauvés.

Pierre, Déborah et les garçons sont restés jusqu'à la fin initialement prévue de leur séjour mais les vacances étaient finies, ils n'avaient plus goût à rien, et comme si le choc n'avait pas été suffisamment violent, comme s'il avait fallu encore une piqûre de rappel pour les maintenir dans un état de terreur permanente, le 27 juillet, lorsqu'ils posent le pied à l'aéroport d'Orly, toutes les unes des journaux affichent le portrait de cet homme de foi, quatre-vingt-six ans, en robe de bure immaculée dont la fin tragique laisse le pays sans voix. Léo est le premier à le remarquer en passant devant le Relay.

– Regardez, dit-il, c'est affreux, il est partout.

– C'est qui ? demande Salomon.

– Le père Hamel. T'as pas entendu hier à la télé ? Il a été égorgé dans son église par deux terroristes. Un commentateur disait qu'un prêtre tué pendant une messe, ça n'était pas arrivé en France depuis la guerre de Vendée.

Salomon s'arrête dans l'allée bondée de voyageurs, lâche son sac et se met à hurler comme si c'était lui qu'on venait de poignarder.

C'est sa première crise depuis trois mois.

Au cœur du mois d'août, alors que Pierre et Déborah sont seuls à Paris dans une sorte de torpeur qui pourrait être liée à un état de convalescence émotionnelle, Déborah reçoit un appel de l'agence Immouest Calais. La fille au bout du fil s'excuse de la déranger à son domicile pendant l'heure du déjeuner, « mais j'ai enfin une proposition pour la maison, lui dit-elle, très sérieuse, au prix et sans condition suspensive, j'ai laissé au moins trois messages à votre mari cette semaine pour le lui dire, j'ai envoyé un mail, mais je n'ai reçu aucune réponse alors vous comprenez, je voulais m'assurer que tout allait bien, avec ce qui se passe en ce moment, on n'est pas tranquille... Et puis le client, on sait jamais combien de temps on l'a non plus ! Si vous traînez trop, il ira voir ailleurs. »

Déborah n'est pas au courant de la proposition, Pierre ne lui en a rien dit, mais elle promet à la jeune femme qu'elle lui en parlera dès son retour afin qu'il la rappelle au plus vite, et quand Pierre rentre du sport une heure plus tard, c'est ce qu'elle fait.

Pierre est embarrassé.

– En fait, dit-il, je ne suis plus certain de vouloir vendre.

Déborah ne comprend pas, il n'a pas remis les pieds là-bas depuis Pâques.

– Oui, reconnaît-il, mais il va peut-être falloir que j'aie une adresse à Calais.

– Pourquoi ?

– Je vais me présenter.

– Te présenter à quoi ?

– Aux législatives. Turc m'a appelé la semaine dernière pour me proposer de briguer son siège. J'avais prévu de t'en parler ces jours-ci.

– Je ne comprends pas pourquoi tu le prends comme ça, lui dit-il deux jours plus tard. Depuis le coup de fil de l'agence, tu m'évites et ne m'adresses plus la parole, qu'est-ce que j'ai fait de si grave ? On dirait que je t'ai annoncé que je me lançais dans un trafic d'armes.

– Je crois que j'aurais préféré.

– Tu peux m'expliquer ?

– T'expliquer quoi ? Que tu vas faire un an de distribution de tracts à la gare tous les matins à 7 heures, des réunions d'appartement, des pieds d'immeuble, des inaugurations de salles des fêtes, des galettes des rois en maison de retraite et le bal du 14 Juillet à la caserne des sapeurs-pompiers ? Eh bien voilà, je te l'explique, et je t'explique même que dans cet emploi du temps sans trous, tu ne réussiras même pas à me faire un petit Facetime en rentrant le soir pour me demander comment je vais, parce que, en rentrant le soir, tu te poseras sur ton canapé avec une bière, et tu ne l'auras pas décapsulée que tu dormiras déjà. Je ne veux pas de cette vie.

– La campagne ne durera jamais un an, tu le sais très bien.

– OK, huit mois. Super.

– Et alors, c'est quoi, huit mois ? Après, pendant cinq ans, je serai où ? En circonscription ? Je ne me présente pas aux municipales, à ce que je sache, je me présente à la députation et, pardon de te le dire, mais la place d'un député, c'est à Paris, à l'Assemblée nationale pour faire voter des lois, et si possible des lois favorables à son territoire, pas d'être sur son territoire en permanence.

– Mais je croyais que tu ne pouvais pas les voir ?

– Qui ça ?

– Les hommes politiques. N'est-ce pas ce que tu me disais lorsqu'on s'est connus ? *Je ne peux pas les voir, ils sont tous pareils, tous attirés par le pouvoir, le reste, ils n'en ont rien à foutre.*

– Oui, je disais cela, mais justement. C'est une des raisons qui m'ont donné envie de dire oui, figure-toi. Les choses peuvent aussi changer.

– Parce que tu te crois plus fort que les autres ? Tu crois que toi, tu résisteras au faste ?

– Je ne sais pas, mais en tout cas j'ai cette occasion de participer au processus législatif, et sans doute est-ce naïf de ma part mais j'ai envie de croire que, dans une démocratie, c'est encore là que le pouvoir s'exerce, et que, d'une manière ou d'une autre, le pouvoir permet de changer les choses, même un tout petit peu.

– Très naïf, oui.

– Alors qu'est-ce que tu proposes de mieux ? Rester dans ton petit canapé, terrifiée par ce qui se passe autour de nous, et t'avaler un Xanax chaque fois qu'un type viendra dézinguer une foule au cri d'Allah Akbar en priant pour que l'un de nous ne soit pas parmi les prochains sur la liste ? Moi, je ne peux plus faire ça. Après l'année qu'on vient de passer, je ne peux plus, tu comprends ?

– L'année qu'on vient de passer... ironise Déborah d'une voix amère. Oui, je vois bien l'année qu'on vient de passer justement, tous les quatre dans cet appartement. Qu'est-ce qui va se passer avec ton fils, Pierre ?

La douleur provoquée par cette question le terrasse. Il déglutit comme il peut, puis, très calme, répond à Déborah :

– Je ne sais pas. Peut-être que, en mon absence, il se lèvera une nuit et il viendra vous égorger toi et ton fils dans votre sommeil.

– Pourquoi me dis-tu une chose pareille ?

– Parce que je me demande jusqu'à quand tu vas avoir peur de mon fils.

Les jours continuent doucement de raccourcir mais ça ne se voit pas, septembre est lumineux, les enfants sont rentrés à l'école, Déborah, elle, a commencé ses repérages pour son nouveau documentaire sur la violence des mineurs et, dans le temps qui lui reste, elle organise la bar-mitsvah de Léo dans le restaurant que Driss vient d'acheter sur l'île Saint-Louis. Il s'est associé avec une fille d'Avignon, Nora, originaire comme lui d'Algérie et que Léo soupçonne d'être aussi sa fiancée. Il la trouve très sympa. Il n'y aura donc pas de Lisbonne et, de ce côté-là au moins, Déborah respire. Depuis qu'elle a appris que Pierre se présentait aux législatives, ils n'ont jamais remis le sujet sur la table. Déborah sait que son compagnon va régulièrement au palais Bourbon pour y voir Turc, que les jours de séance ils déjeunent ensemble à la buvette de l'Assemblée et qu'un soir ils ont même dîné avec d'autres cadres du parti Chez Françoise, sous l'aérogare des Invalides, mais il ne lui dit rien de ses rencontres et elle ne pose pas de questions. Un matin d'octobre, tombant sur ce qui ressemble à des projets d'affiche dont certains sont estampillés du poing et de la rose et d'autres non, elle ne résiste pas à la tentation de lui demander sous quelle étiquette il se présente. Ces deux projets et l'état du PS lui laissent penser qu'il n'y a plus d'évidence, mais Pierre en est surpris.

– Pourquoi cette question ? lui répond-il. Je me présente sous l'étiquette du PS puisque je prends le siège de Turc.

– Mais tu ne sais pas encore si tu vas le dire aux gens. Tu hésites, c'est ça ?

– Disons que les sondages pour le président sortant ne sont pas terribles…

– Si je peux te donner un conseil, ne mets rien sur ton affiche. Il n'y a plus de Parti socialiste, Pierre. Épinay, Solférino, l'union de la gauche, c'est fini tout cela. C'est mort. Et s'il y a encore une gauche dans ce pays, crois-moi, ça fait bien longtemps qu'elle est partie ailleurs. Le Parti socialiste, je vais te dire, on l'a enterré le soir où on s'est rencontrés.

C'était le 29 mars 2015, à Paris. Pierre et Déborah avaient été invités par des amis communs à suivre la soirée électorale dans leur magnifique appartement du Marais, et c'est ensemble, encore étrangers mais côte à côte face à un écran gigantesque, qu'ils ont appris les résultats du scrutin : les socialistes venaient de perdre vingt-cinq départements dont certains étaient leurs bastions depuis plusieurs décennies, la droite, elle, en avait raflé soixante-six, et le Front national, aucun mais obtenait 22,23 % des voix. Quelques invités furent heureux de ce score, d'autres beaucoup moins, mais à l'annonce de ce dernier chiffre, une même rumeur d'indignation réconciliant tout le monde s'était élevée dans la pièce, et chacun y était allé de son petit commentaire, de sa prophétie apocalyptique qui faisait drôlement peur, mais qui pour cette raison était aussi drôlement excitante, parce que, si

Marine Le Pen venait à gagner les présidentielles, alors tous ici partiraient, oui, tous quitteraient la France, sans réfléchir, ils le juraient, et au fond c'était peut-être cela dont ils rêvaient tous secrètement.

– Vous voulez pas la fermer deux secondes au lieu de raconter des conneries ? avait fini par gueuler un garçon d'une vingtaine d'années, T-shirt blanc, jean baggy, keffieh autour du cou et vanité à chaque doigt. Y a personne ici qui partira nulle part, vous le savez très bien, et vous êtes tous là à vous offusquer de ce qui se passe, mais combien parmi vous ont voté aujourd'hui ? Allez, levez la main un peu pour voir... Cinquante pour cent d'absentions, ça veut dire que toi, toi, toi et toi, vous êtes restés tranquillement au chaud, alors les commentaires, c'est bon !

– Romain, ça va pas de parler comme ça à nos invités, s'était récriée la maîtresse de maison, sa mère.

Déborah avait appris par Pierre, dont à ce moment-là elle ne connaissait pas le prénom, que le gamin était un numéro. Étudiant en sociologie à Jussieu, bénévole aux Restos du Cœur une fois par semaine et membre fondateur d'une association visant à dénoncer la torture dans les prisons de Bachar al-Assad, il avait en horreur à peu près tout ce que représentaient sa mère et son beau-père – « les rapports sont compliqués », avait pudiquement résumé Pierre en souriant. Déborah s'en était rendu compte en continuant de l'écouter.

– Mais je suis très calme… disait à présent Romain à sa mère. Seulement, il faut savoir ce qu'on fait. Moi, on m'a vendu une soirée électorale, alors si c'est une soirée électorale, j'aimerais pouvoir entendre quelque chose à ce qui se passe dans le poste. Maintenant, si vous avez changé de programme, pas de problème, au revoir m'sieurs-dames !

– Romain a raison, je suis d'accord ! avait réagi un invité. Chut, taisez-vous ! Le nouveau président du conseil départemental du Bas-Rhin, Frédéric Bierry, va s'exprimer. Écoutons-le !

Tout le monde s'était mis à rire – *mais qui donc était ce Frédéric Bierry ?* – et Romain avait monté le son.

À l'écran, l'élu se tenait devant sa permanence. C'était un homme d'une petite cinquantaine d'années, entièrement chauve, pourvu de lunettes à grosse monture noire qui lui mangeaient la moitié du visage et qu'on retrouvait quatre ou cinq fois dupliqué à l'arrière-plan sur ses affiches de campagne, ce qui donnait un sentiment de clonage à la fois drôle et inquiétant.

« Je suis très heureux et très reconnaissant aux électeurs du Bas-Rhin de m'avoir témoigné leur confiance, avait-il commencé à dire au micro qu'on lui tendait. Et je veux leur assurer que tout au long de mon mandat je serai à l'écoute de leurs préoccupations. Aujourd'hui, soixante pour cent des dépenses du Département vont à l'accompagnement social. Le rôle du Département est donc d'assurer le vivre-ensemble de la société française, et c'est ce que je m'attacherai à faire au cours des six prochaines années. Oui, telle est mon ambition, faire du département LA collectivité du vivre-ensemble ! »

– Oh, ils nous font chier, avec leur vivre-ensemble ! s'était agacée une jeune femme derrière Pierre et Déborah.

– Ça y est, Cécile s'énerve !

– Quoi, c'est vrai… avait renchéri la jeune femme, y en a marre, à la fin ! *Vivre-ensemble, vivre-ensemble*, on dirait qu'ils n'ont plus que ce mot à la bouche. Moi, j'en peux plus du vivre-ensemble. Je vais même vous dire, *ça me fait chier, le vivre-ensemble* ! Surtout avec un tiret et un article devant. Non mais sérieusement ? Quel est l'abruti qui s'est levé un matin et qui a décidé d'en faire un nom ? C'est comme le bonheur, ça… On pouvait pas laisser la bonne heure ? La bonne heure, c'était parfait, c'était humble, on passait une bonne heure et on était content. Mais non, faut toujours plus, *le bonheur*, comme si c'était atteignable. Ça n'existe pas, le bonheur. C'est un leurre. Et le vivre-ensemble aussi.

– Cécile, je t'aime ! avait crié un des invités à l'autre bout du salon.

– Moi aussi je t'aime, mon chéri, s'était permis un bel avocat du nom d'Arnaud Lepetit, spécialisé en libertés publiques, mais tu dis n'importe quoi. Le vivre-ensemble avec un tiret et un article devant existe. C'est même entré dans le Petit Robert en 2017, figure-toi.

– Tu déconnes ?

– Pas du tout.

– Donne la définition !

Arnaud, qui avait tout de suite googlisé le mot, lut l'extrait du dictionnaire sur son portable :

– Le vivre-ensemble est le fait de vivre harmonieusement entre concitoyens, dans l'égalité, le respect et la solidarité. *« Il faut sans cesse expliquer aux jeunes que la société dans laquelle ils vivront n'existe pas encore. À eux de la construire, en choisissant eux-mêmes les règles du vivre-ensemble. » Albert Jacquard.*

– Ah ! Super ! On est bien avancés, avec ça ! avait éructé Cécile. Eh bien moi, je vais me chercher une coupe ! Mieux vaut être saoule que d'entendre ça…

Les gens avaient ri à nouveau, Déborah avait alors senti le regard de Pierre se poser sur elle, et le monde autour avait gentiment commencé à s'estomper.

– Moi, je suis d'accord avec Cécile, disait une jeune femme à la voix discrète. Ce mot de *vivre-ensemble* ne veut rien dire. C'est un pur élément de langage, et les politiques ne l'utilisent que pour souligner le fait qu'il n'existe pas, ou qu'il est menacé. *Il faut construire/défendre/bâtir le vivre-ensemble* – voilà ce qu'ils nous disent à longueur de journée. Ça fait des années que j'entends cette expression, mais, le truc n'est toujours pas là et, concrètement, que font ceux qui nous gouvernent ?

– Rien ! s'étaient exclamées en riant plusieurs voix de concert, alors Arnaud, le nez toujours dans son iPhone, avait demandé :

– Est-ce que quelqu'un dans cette pièce peut me dire qui est le premier, ou plutôt la première, à avoir introduit cette expression dans le champ politique ?

– Martin Luther King ! avait bondi Agnès, la maîtresse de maison. « Nous devons apprendre à vivre ensemble comme des frères, sinon nous mourrons tous comme des idiots. »

– Ah ouais, parce que Martin Luther King, c'est une femme, maintenant ? s'était moqué Arnaud. Et je parlais de la France, madame, pas des États-Unis. Eh bien, c'est Françoise Gaspard.

Je parie que personne ne sait qui est Françoise Gaspard, n'est-ce pas ?

– Personne.

– Personnage pourtant clef de l'année 1983… Nous sommes en mars, à Dreux, et les élections municipales vont déclencher une déflagration sans précédent dans le monde politique français : pour la première fois depuis la guerre, la droite républicaine s'allie au Front national.

– Mais oui, ç'a été un choc terrible. Je m'en souviens comme si c'était hier, avait dit Cécile qui revenait avec sa coupe de champagne. Mes parents étaient fous.

– Les miens aussi, avait ajouté Agnès, parce qu'une digue s'est rompue à ce moment-là, ils le savaient, et, on n'a jamais été foutus de la reconstruire.

– Cette liste commune RPR-FN s'appelait « Dreux d'abord – Union de l'opposition pour le changement », avait repris Arnaud. La fameuse Françoise Gaspard, elle, était la candidate PS, et devinez comment elle a nommé sa liste ?

– *Vivre ensemble ?*

– Dans le mille. Et le plus terrible, c'est que cette gentille dame allait dans les réunions publiques expliquer aux gens que les villes n'avaient aucun pouvoir sur les questions d'immigration, comme si les questions de logement et de mixité sociale, directement liées à l'immigration, ne relevaient pas aussi de sa compétence, et que la seule chose que pouvaient les maires, c'était faire en sorte que les gens vivent ensemble, harmonieusement et sans problème, alors qu'ils se prenaient plus de dix pour cent de chômage dans la vue. Vous imaginez comme ça a marché... Six mois plus tard, Georgina Dufoix, qui était secrétaire d'État « chargée de la famille, de la population et des travailleurs immigrés », lançait un vaste programme de lutte contre le racisme en coopération avec Jack Lang, dont le slogan était « Vivre ensemble avec nos différences ». Oui, oui, *vivre ensemble*... Voilà le mot magique qu'ils avaient trouvé, à gauche, pour lutter contre l'extrême droite, et alors que l'extrême droite ne cesserait plus jamais de progresser, la gauche, elle, resterait fidèle à son plan de bataille, répétant comme un mantra *vivre-ensemble, vivre-ensemble*, le répétant toujours plus fort, et toujours plus souvent, jusqu'à cette année 2015 qui aura sans doute été l'année du vivre-ensemble par excellence, celle où le mot aura figuré dans chaque article, chaque conversation, chaque discours, alors que des terroristes nés sur le sol français bien après 1983 tuaient d'autres Français à bout portant, simplement parce qu'ils étaient journalistes, flics, et juifs – le vivre-ensemble avait bien fait ses preuves.

Il y avait eu un court silence. Un autre conseiller départemental était apparu à l'écran, devant sa permanence quelque part en Essonne, et les invités l'avaient entendu exprimer toute la colère qu'il éprouvait à l'égard de sa famille politique, la gauche socialiste. Quand il s'était tu, Arnaud avait ajouté d'une voix soudain très triste :

– Je ne sais pas vous, mais moi, depuis le 7 janvier, je ne peux plus entendre ce mot de *vivre-ensemble*. C'est comme si j'avais fait une crise de foie. Dès que je l'entends, ça me donne envie de vomir.

Plus personne ne parlait, et le jeune Romain en avait profité pour convoquer Roland Barthes et son premier cours au Collège de France en 1977, *Comment vivre ensemble*, implorant ses aînés d'arrêter de rêver, ce slogan de supermarché étant une utopie totale, un idéal uniquement applicable aux bancs de poissons parce que, contrairement aux communautés humaines, les bancs de poissons fonctionnaient comme un seul corps, disait Barthes, ils étaient « des rassemblements massifs, cohérents et uniformes, toujours faits de sujets de même taille, de même couleur, et souvent de même sexe, orientés dans le même sens, équidistants et animés de mouvements synchronisés », ce que les êtres humains, eux, ne pourraient jamais être. L'étudiant de Jussieu avait ensuite évoqué les pistes proposées par le sémiologue pour conjuguer vie collective et liberté individuelle, il avait parlé d'idiorythmie, du mont Athos, et enfin de l'écriture comme solution idéale pour être à la fois seul et avec tous, seul dans le temps de la création, puis avec tous dans ce dialogue différé avec le lecteur, voilà pourquoi lui-même souhaitait devenir écrivain, mais quand il l'avait confessé, les trois quarts de son auditoire ne l'écoutaient déjà plus – *trop compliqué* – et l'amertume lui avait fait quitter les lieux brusquement.

– Qu'est-ce qui s'est passé, encore ? avait demandé Agnès qui vivait de plus en plus mal le fait d'être étrangère à son propre enfant. Pourquoi est-il parti comme ça ? Décidément, je ne comprendrai jamais rien à ce gosse...

Ensuite était venu le temps des commentaires. À l'écran, les reportages de terrain avait cédé la place aux plateaux de journalistes, politologues, directeurs d'instituts de sondage dont les mots interchangeables n'avaient plus été audibles par personne, et Pierre s'était penché à l'oreille de Déborah pour lui confier qu'il détestait la politique, qu'en fait c'était le truc qui l'intéressait le moins au monde, d'ailleurs il ne savait pas pourquoi il avait accepté cette invitation sinon pour la rencontrer elle, et dix minutes plus tard ils partaient tous les deux sans dire au revoir, comme deux clandestins. C'est à cette fuite-là que Déborah pense à présent, devant l'affiche validée de son compagnon Pierre Tuchman, candidat aux élections législatives dans la septième circonscription du Pas-de-Calais.

Chaque jour, Éric Turc se félicite de sa prise. Son poulain est jeune, bien mis, bon orateur, et en plus c'est un enfant du pays, les ennemis et malveillants ne pourront pas lui reprocher publiquement d'avoir été parachuté, d'autant moins qu'il vient de se faire domicilier au titre de sa résidence principale à Calais, dans la maison qui appartenait jadis à ses parents, le tableau est presque trop beau pour être vrai ! Il l'est pourtant, et Turc l'a trouvé tout seul, sans l'aide de personne, un soir chez ce benêt de médecin du Secours catholique où la chance devait être avec lui. Ensuite, il lui aura fallu six mois d'intrigue pour que la direction du PS n'accorde pas l'investiture aux autres candidats potentiels, ce qui voulait dire, par ricochet, poignarder leur mentor, lesquels avaient été ses compagnons de route les plus proches, ceux avec qui il signait hier encore une motion mais qui demain auraient levé la main pour se faire élire à sa place aux régionales, donc oui, il les avait tous achevés, un par un, et maintenant qu'il découvrait ce beau Pierre Tuchman sur les affiches fraîchement sorties de l'imprimerie, il ne le regrettait pas. Oh non ! Il éprouvait même un sentiment de victoire avec papillons dans le ventre et fourmis dans les membres alors qu'il n'en était qu'à la première manche du hold-up qui devait le porter en 2021 à la présidence de la région des Hauts-de-France. *La troisième région de France...* Six millions d'habitants, cinq départements, trois mille huit cent dix communes et un budget de 3,5 milliards d'euros à gérer. 3,5 milliards... Tous ces zéros qui faisaient des petites bulles sous son crâne, c'était mieux encore que du champagne.

Turc savait pourtant qu'il devait garder la tête froide. Il n'était pas un perdreau de l'année, depuis le temps qu'il faisait de la politique, il n'ignorait pas qu'en ce domaine rien n'était joué d'avance, et pour que Pierre Tuchman soit demain en position de le soutenir à son tour, il fallait d'abord qu'il gagne aujourd'hui. Or à neuf mois du scrutin, personne en ville ne connaissait son nom ni son visage. Là était le principal handicap de Pierre sur ses adversaires de la droite et du centre, et pour y remédier Turc l'avait encouragé à se déclarer candidat le plus vite possible. L'idéal, selon lui, aurait été de faire cette déclaration au cours de la semaine qui précédait le week-end des associations, journée incontournable au cours de laquelle Pierre aurait pu rencontrer tous les leaders d'opinion et têtes de réseaux, mais les choses étaient mal tombées, cette semaine-là, ce con avait une fête de famille, la bar-mitsvah de son neveu ou de son beau-fils, il n'avait pas compris, enfin bref, c'était foutu, il n'avait pas pu se libérer, et ils avaient dû arrêter la date du lundi suivant à la première heure – il ne fallait plus traîner.

Maintenant, Turc espérait que les journalistes seraient au rendez-vous. Il avait convoqué l'ensemble de la PQR ainsi que les correspondants nationaux, les télévisions et les radios frontalières, et envoyé un texto personnel à un photographe de l'AFP qu'il aimait bien en lui disant que l'image pourrait être vraiment jolie. Il le pensait. L'idée d'organiser la déclaration de candidature de Pierre à la maternité du CHU de Calais n'était pas de lui, mais lorsque son communicant, un ancien de chez Havas, la lui avait suggérée, il avait tout de suite vu la photo : Tuchman à la nurserie entouré de deux ou trois parturientes et de leurs bébés, avec les infirmières et le chef de service à l'arrière-plan… Quel plus beau message de solidarité, de bienveillance, d'avenir et d'espoir un candidat pouvait-il adresser à ses futurs électeurs ? Si un migrant n'avait pas l'indélicatesse de mourir ce jour-là ou la jungle de prendre feu, Turc était certain que *La Voix du Nord* en ferait sa une. Et si parmi les jeunes accouchées, l'une pouvait, en plus, être noire et l'autre d'origine arabo-musulmane, ce serait la cerise sur le gâteau, un cliché revisité de la Coupe du monde 1998 ! Turc n'avait plus qu'une nuit à attendre pour le savoir... Il éteignit sa lampe et se concentra sur cette image qui assurerait sa victoire. *Vive la République. Et vive la France.*

Ils ont fait la fête toute la nuit. Ils ont bu, ri, chanté, dansé. Ils ont même formé une grande chenille qui s'est retrouvée dehors où, depuis les balcons, les gens de l'île Saint-Louis pensant qu'ils se mariaient leur ont jeté des grains de riz en leur souhaitant plein de bonheur.

Vers 5 heures du matin, lorsqu'il a fallu remballer et rallumer les lumières, Léo a décidé de rentrer dormir rue de Belzunce plutôt que chez Driss. Il avait invité trois copains, et Déborah ne savait pas comment elle allait les installer pour la nuit, si nuit il y avait, mais quelle importance ? Elle voulait faire plaisir à son fils, lui fabriquer un souvenir indélébile de cette première soirée de sa vie d'homme, et Pierre s'est chargé de commander un uber van pour embarquer tout ce beau monde.

Pierre se souviendra que dans ce véhicule, Salomon était particulièrement agité. Il a raison. Son fils était le plus jeune de tous, il ne connaissait aucun des amis de Léo, mais celui-ci n'avait rien dit en le voyant monter à bord, et ce silence lui avait fait l'effet d'une forme de reconnaissance, sinon de privilège. Il aurait pu courir trois tours de stade pour exprimer sa joie.

Toute la journée du lendemain, les parents et les enfants comatent. En début d'après-midi, les garçons vont chercher des McDo rue de Dunkerque puis les copains rentrent chez eux et Pierre charge sa voiture en vue de son voyage pour Calais. Exceptionnellement, il a préféré la voiture au train afin de pouvoir transporter le maximum d'affaires. Calais n'est certes qu'à trois heures de Paris, mais il ne sait pas quand il sera de retour. Il n'a fixé aucune date. Déborah a dit qu'elle viendrait le week-end suivant et celui d'après aussi, avec les garçons. Cela l'a touché. Quant à son travail, il a prévenu ses associés du cabinet depuis un moment : il continuera de suivre les dossiers les plus importants mais de loin en loin, et si d'aventure il devait être élu, ce qu'il espère, il se consacrera entièrement à son mandat de député pendant cinq ans. Aucun de ses collaborateurs n'a paru étonné. « T'es fait pour ça, t'façon », lui a dit le plus proche d'entre eux, et ils l'ont tous chaleureusement applaudi.

À l'heure du départ, Pierre ne se résout pourtant pas à quitter sa famille comme ça, et il propose d'aller manger un petit bout au chinois de la rue de Rochechouart. Léo et Salomon s'enthousiasment, Déborah, elle, sourit vaguement. Elle n'a rien voulu dire à Pierre pour le moment, et peut-être que cela ne veut rien dire, mais elle a dix jours de retard, et la perspective des odeurs de crevettes sautées ou de shitaké suffisent à lui mettre le cœur au bord des lèvres. Elle enfile malgré tout ses baskets tandis que Léo prévient qu'il descend d'abord promener Peace.

Le jeune garçon emmène sa chienne jusqu'au square Cavaillé-Coll où elle adore aller et, là, s'amuse à lui jeter des petites branches qu'elle lui rapporte fidèlement, en lui léchant chaque fois la main pour lui témoigner sa gratitude. Il n'a jamais vu une chienne pareille... Elle possède un regard si expressif que parfois il a la sensation qu'elle pourrait tout comprendre de ce qu'il pense et de ce qu'il ressent. Léo est fou de ce petit animal qu'il tient encore dans ses deux mains, et sa mère le tuerait si elle savait mais, la plupart du temps, il dort blotti contre elle. Quand il revient rue de Belzunce, Pierre, Déborah et Salomon sont en bas à l'attendre.

– Ça fait un quart d'heure au moins qu'on poireaute, t'es pas cool, Léo ! lui dit Déborah.

– Pardon, je suis désolé…

– Tu la remontes ?

– Oh, pourquoi… s'attriste-t-il. Je ne peux pas l'emmener au restaurant ?

– Non, Léo, tu ne peux pas.

– En plus, après, ajoute Salomon, on va peut-être aller au cinéma, a dit ta mère.

– Allez, remonte-la, Léo, répète Déborah.

– Non, non, intervient Pierre, c'est Salomon qui va la remonter, et comme ça il laissera aussi son cartable. OK, Sassou ?

Salomon change de visage.

– Mais pourquoi je devrais enlever mon cartable, je suis très bien comme ça…

– Eh bien parce que tu l'as enlevé hier à la soirée, après le discours de Léo, et c'est super. Ça veut dire que tu n'en as plus besoin, Salomon.

– Je suis d'accord avec ton père… dit Déborah. Je pense que tu n'en as plus du tout besoin.

Salomon semble pris entre deux blocs de glace. Son père lui tend prudemment ses clefs.

– Regarde, murmure-t-il, tu remontes en ascenseur, tu ouvres avec la clef du milieu, celle-là, voilà, la plus grosse, tu vas mettre ton cartable dans ta chambre, Peace dans la chambre de Léo, tu refermes bien la porte de la chambre de Léo pour qu'elle ne puisse pas ressortir et abîmer la maison, et tu redescends.

– C'est simple à dire pour toi, papa, mais Peace plus mon cartable, vous êtes vraiment vaches, quand même ! dit Salomon en tapant du pied.

Il prend malgré tout les clefs, la laisse de la chienne, et s'engouffre derrière la porte cochère du 12, rue de Belzunce.

Lorsqu'ils se retrouvent un peu plus tard chez le Chinois, à la même table où ils avaient signé leur drôle de contrat au retour des vacances de Pâques, un fou rire les prend au souvenir du flic venu les intimider.

– Moi, je ne pense pas du tout qu'il était flic ! dit Léo.

– Ah oui ? Tu crois qu'il aurait menti ? lui demande Salomon.

– Évidemment ! T'as vu comme on gueulait ? Il voulait juste qu'on la ferme.

– Léo a raison, il était pas du tout flic, ce type, reconnaît Pierre. Si ça se trouve, il sortait même de taule. Il avait quand même une tête très bizarre…

Ils s'amusent un moment au souvenir de ce faux flic que Pierre dessine sur un bout de nappe, et Déborah les regarde en pensant à ce photomaton qu'ils ont pris hier soir, à la fête, tous ensemble. Sur cette image, Léo est au centre et, comme un jeu de cartes en éventail autour de lui, Driss, Nora, Déborah, Pierre et Salomon. C'était la première fois que Pierre et Driss se rencontraient, et Léo avait tenu à se faire photographier avec les deux ensemble. C'est cette photo que Déborah glisse sur le pare-brise à l'intérieur de la voiture, au-dessus du volant, avant que Pierre ne l'embrasse et s'en aille.

Elle emmène ensuite les garçons au cinéma parce qu'elle ne peut pas rentrer chez elle, comme une angoisse du dimanche soir. Ils vont voir un film d'action et elle s'endort au bout d'un quart d'heure, se demandant en sortant si cette curieuse envie de sommeil est simplement due à la fatigue ou à ses hormones. Ils rentrent à pied du Grand Rex, remontent en papotant la longue rue du Faubourg-Poissonnière et, quand ils arrivent rue de Belzunce, trouvent un camion de pompiers en bas de chez eux.

– Qu'est-ce qui se passe ? demande Léo.

– Oh, rien de bien joli à voir, mon grand, lui répond un des hommes en bleu. Des gens pas très scrupuleux ont dû laisser leur porte ouverte et leur chienne s'est échappée... Une petite beagle adorable. Malheureusement, on n'a rien pu faire. Elle est morte dans mes bras.

Léo encaisse. Salomon tombe dans les pommes.

Lorsque Déborah réussit enfin à joindre Pierre, il se trouve dans une station-essence à quelques kilomètres après Saint-Omer où il s'est arrêté pour faire le plein.

– Il faut que tu rentres immédiatement, lui dit-elle.

Sa voix est étranglée, il ne la reconnaît pas. Il demande pourquoi, plusieurs fois, et puis « qu'est-ce qui se passe ? », mais les réponses de Déborah sont confuses, hachées par des sanglots et son nom qu'elle répète en boucle – « Pierre, Pierre… Oh mon Dieu, Pierre. » Au bout d'une minute ou deux, il finit tout de même par comprendre que Peace est morte, que Salomon a perdu connaissance, et que les pompiers l'ont transféré à Necker où elle l'attend, le plus tôt possible. Pierre remonte dans sa voiture et, pied au plancher, reprend la direction de Paris.

À l'hôpital des Enfants malades, Déborah a dû rester un long moment dans un box avec Salomon pour lui tenir la main et tenter de calmer ses sanglots, mais elle avait envie de hurler à l'idée de savoir Léo seul avec son chagrin dans le couloir, et quand enfin un médecin de garde a accepté de donner quelque chose au fils de Pierre pour l'apaiser, elle a pu rejoindre le sien qui était seul sur une rangée de chaises, prostré.

Elle s'est assise à ses côtés et maintenant elle lui parle à l'oreille mais sa voix n'est pour lui qu'une rumeur lointaine, affreusement désagréable, et la main qu'elle pose sur son dos une agression dont il se défend d'un mouvement d'épaule. Il est en état de choc. Effondré à l'intérieur, démoli. Il n'a pas dit un mot depuis l'accident, pas versé une larme. Il en est incapable. L'effroi a tout gelé en lui, verrouillé son cerveau comme ses mâchoires, et Déborah pleure à ses côtés, se haïssant de l'avoir conduit jusqu'ici, jusqu'à cette soirée maudite. Elle se jure que demain ils quitteront la rue de Belzunce. Ils iront n'importe où, chez ses parents, chez Driss, à l'hôtel ou même à Villefranche, mais elle ne lui imposera pas une journée de plus avec cet enfant-là. Se pourrait-il maintenant qu'elle ait un enfant dans le ventre ? Elle compte les jours dans sa tête, depuis le dernier de ses règles ou le premier, elle ne sait plus, elle s'affole, elle ne veut pas donner à son enfant un frère comme Salomon, c'est pour cela qu'elle ne gardera pas l'enfant, non, elle ne le gardera pas, elle le tuera dans l'œuf et ce qui aurait pu être une joie devient une panique.

À minuit, Pierre arrive enfin. Il se love brièvement dans les bras de Déborah, murmure à son oreille un inaudible merci, et gagne le box où son fils se trouve. Le garçon, groggy par les médicaments, entrouvre les yeux. Il se met à pleurer doucement. Il jure qu'il n'a pas fait exprès, il ne voulait pas tuer Peace. « Non, je ne voulais pas cela », dit-il, avant d'ajouter que même s'il n'a pas toujours été très gentil, il n'est pas un tueur, et, prononçant le mot *tueur*, il sanglote de plus belle. Il demande plusieurs fois pardon.

Pardon, pardon, pardon.

Dans le couloir, le médecin de garde revient voir Déborah :

– Avez-vous décidé de ce que vous vouliez faire avec la chienne ?

Léo redresse la tête. C'est la première fois depuis qu'il est assis là.

– C'est-à-dire... demande Déborah.

– Eh bien, plusieurs possibilités s'offrent à vous. Vous pouvez revenir demain récupérer sa dépouille en vue d'une inhumation ou d'une incinération, il existe plusieurs cimetières canins dans la région parisienne dont on pourra vous fournir l'adresse, ou bien la laisser ici. Dans ce cas, elle ira à l'équarrissage.

– C'est quoi, l'équarrissage ? interroge Léo.

– Le traitement et la valorisation des cadavres d'animaux qui ne vont pas à la boucherie, explique le jeune interne. On en fait des aliments pour le bétail, de l'engrais, ce genre de choses. Je suis désolé, mon garçon... Je vais reprendre les constantes de Salomon et vous pourrez partir.

À 2 heures du matin, ils sont enfin libérés, et un taxi les ramène tous les quatre rue de Belzunce. Léo est à l'arrière, le visage collé contre la vitre. On pourrait croire qu'il admire Paris mais, en réalité, il ne fait que tourner le dos à sa mère, à l'homme qu'elle aime, et à son taré de fils. Il ne veut plus les voir. Il ne veut plus jamais avoir affaire à eux. Dès demain, c'est décidé, il ira vivre chez son père. Et son père sera d'accord. Évidemment qu'il le sera ! Manque de bol, il n'a pas réussi à le joindre depuis tout à l'heure, mais quand Driss saura ce qui est arrivé à Peace, il viendra le chercher dans la seconde et il l'emmènera loin de ce foyer maudit. Le taxi ralentit puis s'arrête. Léo en sort le premier, s'engouffre dans l'immeuble, leur laisse l'ascenseur et monte à toute vitesse les quatre étages jusqu'à l'appartement. Il ouvre, file se réfugier dans sa chambre, s'enferme à double tour. Quelques minutes plus tard, les trois autres sont là. Sa mère toque à sa porte :

– Léo, c'est moi, c'est maman. S'il te plaît, ouvre-moi.

L'adolescent garde le silence. Il est allongé sur son lit, son gros oreiller dans les bras. Il s'y cramponne.

– Léo, s'il te plaît… insiste Déborah.

Elle tambourine à nouveau. Elle dit qu'elle comprend, qu'il a le droit d'être en colère et d'avoir du chagrin, elle en a aussi, beaucoup, mais elle lui demande juste de déverrouiller sa porte. Elle dit qu'elle ne supporte pas de le savoir enfermé, qu'elle a besoin de lui parler et de le voir, même cinq minutes, est-ce qu'il peut lui ouvrir cette porte juste cinq minutes ?

– Fous-moi la paix ! finit par hurler Léo.

Sur la troisième étagère de sa bibliothèque, devant la rangée de livres, se trouve une photo encadrée sur laquelle il pose avec Peace. Ils sont au chenil, dans l'Orne, il vient de la choisir. Il l'a désignée parmi tous les autres chiots pour la tache brune qui encercle son œil droit. Il trouve que cette petite différence lui donne un air à la fois drôle et mélancolique, quelque chose qui ne ressemble pas aux autres. Léo aime l'idée que sa chienne soit différente, et il l'aime déjà tout court, il suffit de voir comment il la tient serrée contre sa poitrine, sa petite tête calée entre son avant-bras et son menton dans un mélange de tendresse et de fierté qui lui donne un sourire immense. Maintenant, Léo regarde cette joie sur son visage, et il enfonce les ongles de sa main droite dans la chair de son avant-bras gauche. La peau marque tout de suite, devient rouge. Cela lui fait mal, mais ce mal lui fait du bien, qui atténue pour un instant la douleur de savoir le corps de Peace inerte, en charpie. Léo s'est éraflé l'avant-bras sur une dizaine de centimètres. Du sang perle, il porte la blessure à ses lèvres, et un goût de fer se dépose sur sa langue. Le mot d'*équarrissage* qu'a prononcé l'interne lui revient en mémoire. Il se lève sans bruit, attrape son ordinateur, ouvre une page Safari et, dans le moteur de recherche, il tape *Équarrissage/ chien /vidéo.*

Le premier lien sur lequel il clique lui montre un homme jovial, pourvu d'un masque en tissu blanc lui protégeant la bouche et le nez, qui se dirige vers un hangar. Il y entre et aussitôt la caméra panote sur une montagne de cadavres que Léo n'arrive pas à identifier – des vaches, des moutons, des chevaux ? – mais dont la couleur est un bleu luisant, presque violet. À côté de ce monticule effroyable, un homme dans un panier perché sur un élévateur pilote l'opération. Lui aussi porte un masque. Il fait descendre sa nacelle. Les deux hommes plaisantent, se serrent la main comme deux coéquipiers dans un vestiaire de rugby, puis le premier se tourne à nouveau vers la caméra et, désignant son masque, il dit : « Ça, c'est parce que ça sent le renard ! » Ça le fait rire, et Léo comprend alors que les bêtes sont bleues car elles n'ont plus ni poils ni peau. Elles n'ont sur les os que leur chair à vif, leurs muscles luisants, et quand son cerveau remplace une de ces bêtes par sa petite chienne tant aimée, le vertige est tel qu'il se sent tourner de l'œil. Il se lève, ouvre la fenêtre. L'air est trop doux pour le saisir. Sa chambre donne sur la cour de l'immeuble, et les petits carrés du sol, par centaines, lui brouillent la vue. Il a envie de vomir. Il regarde l'heure sur son réveil digital : 3 h 29. Il se dit que les autres doivent dormir, qu'il peut sans danger aller chercher un Coca glacé dans la cuisine.

Le couloir lui paraît beaucoup plus long que d'ordinaire. Peut-être parce qu'il progresse tout doucement, pour ne pas faire craquer le parquet. Il s'arrête une seconde devant la chambre de Salomon, regarde les têtes de mort sur sa porte. Elles étaient une mise en garde, une signature qui disait *Attention, je vous préviens, je vais tuer*, mais personne dans cette maison n'y a accordé de crédit et maintenant Peace est morte. *Peace est morte*, se répète Léo sans y croire.

Dans la cuisine, il prend son Coca sans faire de bruit, sans allumer le plafonnier, mais la nuit qui entre par la fenêtre est d'une extrême clarté, et il voit chaque chose comme en plein jour – le toaster, la cafetière, la machine Nespresso, les couteaux aimantés à la crédence qui se trouvaient déjà chez Pierre, dans sa cuisine rue Saint-Sauveur. Déborah ne voulait pas qu'il les réinstalle ici. Elle avait dit : « Oh, non, je déteste les couteaux, on ne peut pas les ranger dans un tiroir ? » Pierre s'en était offusqué avec beaucoup de drôlerie – « Quoi ? Ces Rothko, ces Bacon, ces Picasso de la coutellerie au fin fond d'un tiroir, mais n'es-tu pas bien folle ? » – et, à la visseuse, il avait fixé la crédence pour les accueillir.

Léo se demande avec quel couteau Salomon les a menacés, la première fois qu'ils ont déjeuné ensemble. Il hésite entre la lame la plus grande et celle juste en dessous. Il opte pour la plus grande parce qu'elle n'a pas de dents. Jamais encore il n'a touché à un de ces couteaux, et lorsqu'il attrape celui-ci, un mélange de terreur et d'excitation s'empare de lui.

Il reprend le couloir en direction de sa chambre. Il repense à ce premier déjeuner improbable, à cet enfant qu'il ne connaissait pas et qui tout à coup avait attrapé le couteau pour les menacer. C'est lui maintenant qui l'a en main. C'est lui qui peut le tuer et cette idée, loin de l'horrifier, l'emplit d'une toute-puissance vertigineuse. *La roue tourne*, se dit-il. Il s'introduit dans la chambre de Salomon. Il n'a plus peur. Le corps du fils de Pierre, qu'il distingue sous la couette, ne bouge pas, mais il ne s'en approche pas tout de suite. Il prend d'abord le temps d'observer l'univers autour de lui, les livres partout, les constructions de Kapla entre le lit et le bureau, les photos au mur le montrant avec sa mère à tous les âges de sa vie. Chacun de ces clichés les présente en train de rire ou de s'embrasser, dans les bras l'un de l'autre, sur fond de décors de carte postale – mer, Louvre, campagne verdoyante. Pierre, lui, n'est nulle part et Léo se dit que les photos de Salomon sont des machines à réviser son histoire personnelle, des mensonges éhontés qui participent de sa folie, de sa violence – il voudrait toutes les lacérer.

Il s'approche doucement du lit. Il est calme, déterminé. Une pièce de Kapla chute, mais Salomon ne se réveille pas. Léo est maintenant au-dessus de lui. Il observe son corps replié en position de fœtus, c'est donc ainsi qu'il dort, et à ce corps, très vite, se substitue celui de Peace, sans poils ni peau, au sommet de la montagne de cadavres bleus, presque violets, que les hommes au masque vont équarrir. Léo se met à sangloter. Pour sa chienne, mais aussi pour le pire qu'il ne veut pas commettre et, en silence, il appelle sa mère au secours pour qu'elle l'en empêche, il la supplie de venir comme il la suppliait jadis lorsqu'il était enfant et qu'il se blessait au square, seulement il n'est plus un enfant désormais, jeudi en célébrant sa bar-mitsvah il est devenu un homme, et il sait pour l'avoir appris par cœur qu'*à la porte, le péché est tapi, et que* son *désir ira vers lui.* Il sait aussi que le dominer lui demandera une force qu'il n'a plus à cette heure avancée de la nuit, et qu'alors il sera maudit, envoyé comme Caïn à l'est d'Éden, errant parmi les hommes, à jamais marqué au front du sceau de la réprobation. Il ne veut pas être le Caïn de cette histoire. Non, il ne le veut pas, mais s'il le devient, est-ce sa faute ?

« Maman, est-ce ma faute ? » demande-t-il en sanglotant.

Remerciement

Pour leurs conseils, leur lecture attentive et leur soutien, que soient ici remerciés Manuel Carcassonne, Debora Kahn-Sriber, Justine Lévy, Yvan Attal, Jacky Cukier, Coco Adler, Cécile Terouanne, Olivier de Solminihac.

Et bien sûr Jérôme.

Cet ouvrage a été composé
par Maury à Malesherbes
et achevé d'imprimer en France
par CPI Bussière
à Saint-Amand-Montrond (Cher)
pour le compte des Éditions Stock
21, rue du Montparnasse, 75006 Paris
en avril 2018

PAPIER À BASE DE FIBRES CERTIFIÉES

Stock s'engage pour l'environnement en réduisant l'empreinte carbone de ses livres.
Celle de cet exemplaire est de :
000 kg éq. CO_2
Rendez-vous sur www.editions-stock-durable.fr

Imprimé en France

Dépôt légal : août 2018
N° d'édition : 01 — N° d'impression :
88-51-7621/5